光文社文庫

文庫書下ろし／長編時代小説

金蔵破り

隠密船頭（八）

稲葉　稔

光　文　社

この作品は光文社文庫のために書下ろされました。

『金蔵破り』目次

小石川
白山
伝通院
神明宮
小石川御門
水戸徳川家
中山道
駒込
春日町
水道橋
千駄木
駒込追分
加賀前田家
本郷
道灌山
霊雲寺
日暮里
湯島天神
神田大明神
池之端仲町
不忍池
弁天
明神下
根岸
谷中
下谷広小路
東叡山寛永寺
外神田
下谷金杉町
御徒町
向柳原
三味線堀
広徳寺
下谷竜泉寺町
幡随院
甚内橋
元鳥越町
鳥越川
猿屋町
千住大橋
阿部川町
新吉原
日本堤
御蔵前片町代地
新堀川
東本願寺
御蔵前通り
御蔵前
浅草寺
小塚原
首尾の松
御米蔵
田原町
西仲町
材木町
浅草広小路
奥山
浅草
山谷町
石原橋
御厩河岸之渡し
駒形町
並木町
雷門
新鳥越町
新鳥越橋
花川戸町
日光道中
山谷堀
浅草橋場町
揚場
駒形堂
浅草
竹町之渡し
吾妻橋
今戸橋
今戸町
白鬚之渡し
中之郷竹町
瓦町
中之郷
竹屋之渡し
三囲稲荷
向島墨堤
木母寺
隅田村
源森川
小梅村
長命寺
須崎村
寺島村
北割下水
法恩寺橋
業平橋
小梅村
天神橋
押上村
亀戸天神

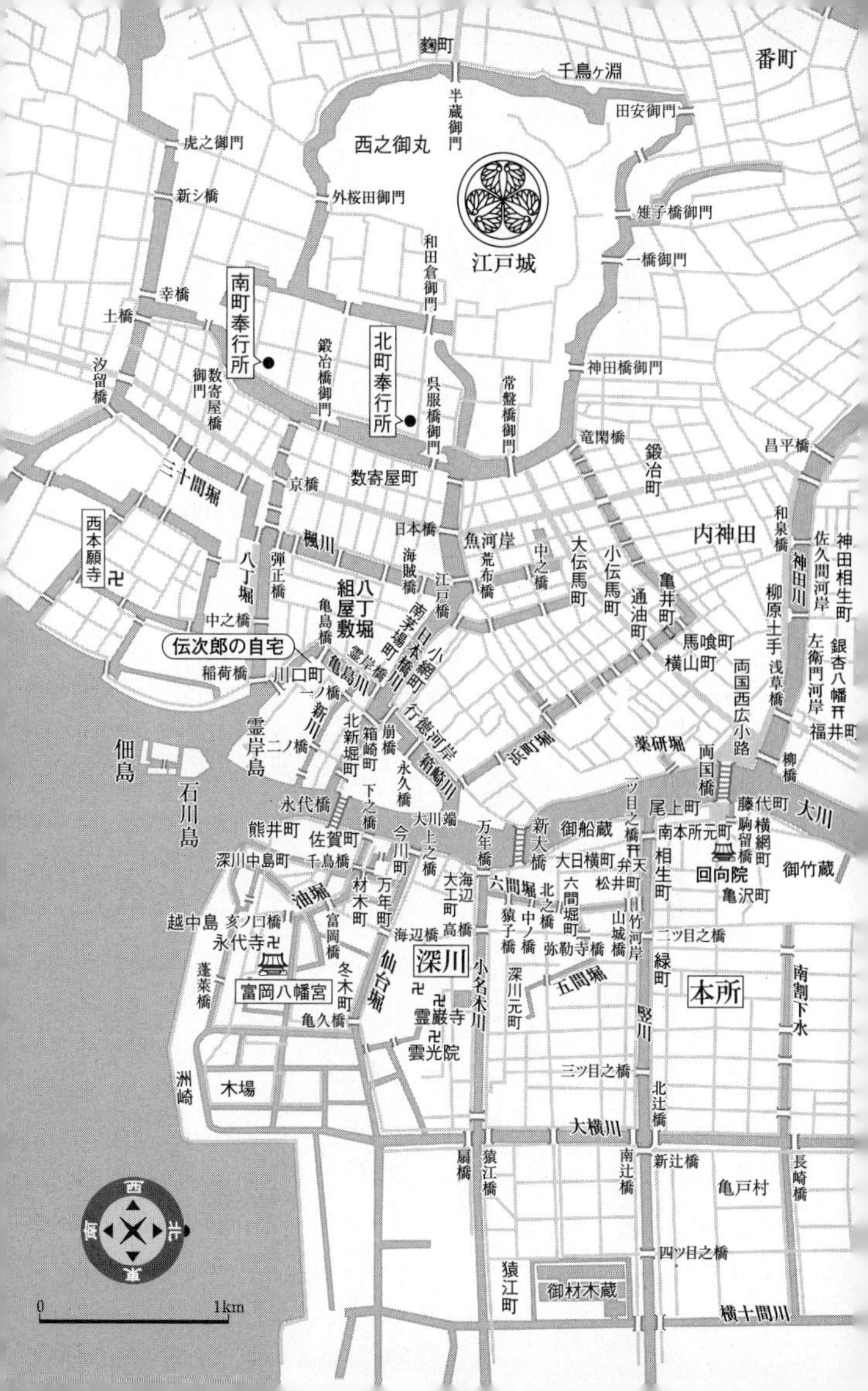

麹町
千鳥ヶ淵
番町
半蔵御門
田安御門
虎之御門
西之御丸
新シ橋
外桜田御門
雉子橋御門
江戸城
和田倉御門
一橋御門
南町奉行所
幸橋
土橋
北町奉行所
鍛冶橋御門
汐留橋
御門
数寄屋橋
呉服橋御門
常盤橋御門
神田橋御門
竜閑橋
昌平橋
三十間堀
京橋
数寄屋町
鍛冶町
西本願寺
日本橋
魚河岸
内神田
和泉橋
佐久間河岸
神田相生町
八丁堀
弾正橋
楓川
海賊橋
江戸橋
荒布橋
中之橋
大伝馬町
小伝馬町
通油町
亀井町
神田川
柳原土手
八丁堀組屋敷
亀島橋
南茅場町
日本橋川
小網町
中之橋
馬喰町
横山町
左衛門河岸
銀杏八幡
伝次郎の自宅
稲荷橋
川口町
霊岸橋
亀島川
行徳河岸
両国西広小路
浅草橋
一ノ橋
新川
北新堀町
箱崎町
崩橋
箱崎川
浜町堀
薬研堀
福井町
佃島
霊岸島
二ノ橋
永久橋
両国橋
柳橋
石川島
永代橋
下之橋
大川端
万年橋
新大橋
一ツ目之橋
尾上町
藤代町
大川
熊井町
佐賀町
今川町
上之橋
御船蔵
南本所元町
横網町
駒留橋
深川中島町
千鳥橋
海辺大工町
大日横町
弁天
松井町
相生町
回向院
御竹蔵
油堀
材木町
万年町
六間堀
北之橋
六間堀町
亀沢町
越中島
亥ノ口橋
富岡橋
海辺橋
高橋
猿子橋
中ノ橋
山城橋
竹河岸
二ツ目之橋
永代寺
仙台堀
深川
弥勒寺橋
緑町
蓬莱橋
冬木町
深川元町
五間堀
本所
南割下水
富岡八幡宮
小名木川
霊巌寺
竪川
亀久橋
雲光院
洲崎
木場
三ツ目之橋
北辻橋
大横川
扇橋
猿江橋
南辻橋
新辻橋
長崎橋
亀戸村
西
南
北
東
四ツ目之橋
猿江町
御材木蔵
0
1km
横十間川

『金蔵破り　隠密船頭（八）』おもな登場人物

沢村伝次郎　…………　南町奉行所の元定町廻り同心。一時、同心をやめ、生計のために船頭となっていたが、南町奉行の筒井和泉守政憲に呼ばれて内与力格に抜擢され、奉行の「隠密」として命を受けている。

千草　……………………　伝次郎の妻。

与茂七　…………………　町方となった伝次郎の下働きをしている小者。

粂吉　……………………　伝次郎が手先に使っている小者。元は先輩同心・酒井彦九郎の小者だった。

筒井和泉守政憲　……　南町奉行。名奉行と呼ばれる。船頭となっていた伝次郎に声をかけ、「隠密」として探索などを命じている。

金蔵破り

隠密船頭（八）

第一章　野分のあと

一

「見廻りに行ってきます」

深川中島町の自身番に詰めている新太は、夜明け前だというのに感心にも表に出ていった。東雲にうっすらとした光があり、空を紫色に染めていた。

町はまだうす暗く、通りには人の影も見あたらない。新太が表に出たのは、昨日一日中吹き荒れた野分（台風）に江戸が襲われたので、その被害状況を見るためだった。じつは好奇心のほうが強く、倒れた家屋がいかほどのものか見たかったのだ。

自身番は大川の河口に面しており、大島川の向こうには忍藩松平家の中屋敷がある。その屋敷御殿の屋根瓦が剝がれている。

近所の商家も長屋もひどい有様だった。屋根が半分飛ばされている家もあれば、傾いている家もある。表戸が倒れ、家のなかが丸見えの家もあった。住人の姿がないのは、近くの安全な家に避難したものと思われた。

通りにはそこら中に水溜まりができており、飛ばされてきた板や障子、木の枝や葉、あるいは手桶や布きれなどが散乱していた。

大風がやんだのは夜半のことで、まだその名残か、雲が急速な勢いで流れていた。大川の水は濁り、戸板や材木や折れた樹木などが、ぷかぷか浮き沈みしながら流されていた。

「なんだ……」

新太が足を止めたのは、忍藩松平家中屋敷にわたされた一手橋の近くだった。一艘の舟が舳を上にして、ゆっくり流されていたからだ。猪牙舟か小さな荷舟のようだった。

視線を橋の袂に戻すと、さらに目を見開いて息を呑んだ。人が橋杭に引っかかってうつ伏せに浮いていた。

（し、死人か……）

浮いているのは男で、着物がはだけ、解（ほど）けた帯が半分水中に沈んでいた。その男のそばには、沈みかけている頑丈（がんじょう）そうな木箱があった。

新太は身を翻（ひるがえ）すと、自身番にとって返し、仮眠中の書役（かきやく）の徳兵衛（とくべえ）と番人の猪吉（いのきち）に声をかけた。

「た、大変だ。大変です、親方！」

新太は書役の徳兵衛の腰を揺すって起こした。自身番の書役は、一般に「親方」と呼ばれる。慌（あわ）てた声に猪吉も目を覚まし、半身を起こした。

「なんだ？」

「し、死人を見つけたんです。すぐそこの一手橋に浮かんでんです」

「何だって……」

目をこすっていた徳兵衛は、一気に目の覚めた顔になった。

「男か女か？」

猪吉が聞いてきた。新太は男だと答えた。

二人は新太の案内で一手橋のそばに立った。男はうつ伏せになったまま水に浮いていた。髷が解けそうになっており、着物は半分脱げかかっていた。橋杭にうまい具合に引っかかったものの、いまにも流されそうになっている。

「多分、舟ごと流されたんです。さっき、そこを舟が浮き沈みしながら、この岸のそばから離れていきましたから……」

新太はごくりと唾を呑んで言った。

「それより、男を引きあげなくちゃならねえ」

猪吉が胸をかきながら言った。

「箱が浮いているな。とにかくあげよう。新太、番屋に戻って縄を持ってこい」

徳兵衛に指図された新太は、急いで自身番に戻り、縄を手にしたが、そのまま三道具（突棒・刺又・袖搦）に目を注いだ。どこの自身番にも備えてある捕り物道具だ。いずれも七尺（約二・一メートル）ほどの長さがある。

新太は袖搦をつかみ取り、縄といっしょに一手橋に戻った。それから三人で力を合わせ、縄と袖搦を使って男を引きあげようとしたが、そばに浮いている木箱が邪魔をしてうまくいかない。

「先にあの箱をあげるんだ」

徳兵衛が指図したので新太は猪吉と力を合わせて木箱をあげたが、そのとき浮いていた男が橋杭から離れてしまった。

「あ、死体が……」

徳兵衛が慌てた声を漏らしたので、新太は急いで袖搦で男の着物を引っかけようとしたが届かない。何とか手を伸ばして、流される男を引き寄せようとするがやはり届かず、死体は静かに遠ざかっていった。

「親方、どうします」

新太は汗の浮いた顔を徳兵衛に向けた。その徳兵衛も猪吉も、遠ざかっていく死体を呆然と眺めていた。

「しかたない。この箱だけ持っていって、死体と舟が流されたことをお伝えするしかあるまい」

徳兵衛は首を振って残念そうな顔をした。報告は見廻りに立ち寄る町奉行所の同心にしなければならない。

「それにしてもこの箱、やけに重いな」

固太りで力持ちの猪吉が木箱を持ちあげて言う。

「水を吸ってるからでしょう」

新太はそう言って猪吉に手を貸して、木箱を自身番に運んだ。表は少しあかるくなってきたが、まだ夜明け前だった。

三人は上がり框（かまち）に置いた木箱をあらためて眺めた。木箱は檜（ひのき）でできており、一尺半（約四五センチ）四方で高さが一尺（約三〇センチ）ほどだった。しかも、丈夫な麻縄で十字にきつく縛ってある。

「何が入ってんでしょう？」

猪吉が好奇心の勝った目をして蓋（ふた）を開けようと、紐（ひも）を解きにかかったが、結び目がきつくなかなか解けない。

「これで……」

新太が気を利（き）かせて小刀を、猪吉にわたしした。それを使って縄を切ると、猪吉がゆっくり蓋を開けた。被（かぶ）せてあった油紙を取り払った瞬間だった。

三人は声もなく目をみはった。

木箱には目も眩（くら）むような山吹（やまぶき）色の小判がぎっしり入っていたのだ。

「こ、これは……」

声を漏らした徳兵衛はまばたきもせずに猪吉と新太を見た。

二

本八丁堀五丁目の東外れ、越前堀に架かる高橋の近くに、ぽつんと小さな灯りがともっている。掛け行灯と真っ白い腰高障子には「桜川」という文字が読めた。

女将の千草は開け放している戸口を出て、夜空をあおぎ見た。幾千万のきらびやかな星で埋め尽くされている。

昨日はひどい嵐だったが、風が大気の塵を吹き流したのだろうか、いつになくきれいな夜空だった。

千草は人の絶えた通りを眺めて、もう仕舞いにしようかと思った。連れ合いの沢村伝次郎との約束は、店は五つ（午後八時）までと決めていた。もっともその刻限より遅くなることは、客商売なのでままあるのはしかたない。伝次郎もそのことについて、とやかく言いもしない。

（でも、今日は暖簾を下ろしましょう）

内心に言い聞かせて暖簾に手を伸ばしたとき、背後から声がかかった。

「もうおしまいですか……」

近づいてくるのは幸助という但馬屋の番頭だった。但馬屋は南伝馬町三丁目にある大きな紙問屋だ。

「そろそろと思っていたんですけど、幸助さんが見えたら閉められませんわ。どうぞ……」

千草は笑顔で応じて、先に幸助を店のなかに入れた。

「今夜は暇だからお茶を挽いていたんです」

「野分の後片づけで、どこも忙しいですからね」

幸助は幅広の床几に腰を下ろしてから、一本つけてくれと注文した。板場に入った千草は銅壺に銚子を沈めて、

「幸助さんのお店はどうだったのかしら……」

と、声をかけた。

「うちはさいわい被害が少なくてすみました。そうは言っても屋根が剝がれたり、雨漏りがしたりしましたが、他の店に比べたら軽くすみました」

「それは何よりでした。それにしてもひどい嵐でしたからね。この店も倒れるか、飛ばされるのではないかと思って心配したのですよ」

言葉どおり嵐の晩は気が気でなく眠れない夜を過ごしたのだった。住まいもこの店も無事だったのは、伝次郎と居候の与茂七が野分の気配を事前に察知して、戸や窓に風よけの板を打ちつけたからだった。

「わたしも心配していたのです」

幸助が言葉を返してくる。

三月ほど前に、ふらりと店にやって来て、それ以来上得意になっていた。いつも静かにきれいな酒を飲む男だ。

「はい、お待ちどおさま」

千草は燗酒を運んで、幸助に酌をしてやった。酒の肴にと、その日作った茄子の煮浸しを出した。

幸助は酒に口をつけてから、今夜は静かですねと言って、開け放してある戸の外を眺めた。千草はその横顔を眺めた。実直で真面目な番頭らしく、おとなしげな顔をしているが、なんとなく目に憂いの色があった。もともとそんな目をしているのかもしれない。

「嵐の前と嵐の後は静かになるんですね」

「そうですね」

幸助は顔を戻して、茄子の煮浸しに箸をつけてから、「うまい」と微笑した。

「そう言っていただけると嬉しいわ」

千草がにっこり微笑むと、

「あの……」

と、何かを言いかけて幸助は口をつぐんだ。

「なあに？」

「あ、いえ、何でもありません」

幸助は何かを誤魔化すように、きゅっと酒をあおった。何か悩みがあるようだ。

だが、千草はあえて聞かずに、

「独り住まいはもう慣れました？」

と、聞いた。

幸助は長年但馬屋に奉公して番頭になり、ようやく独り住まいができるようになっていた。その住まいは千草の店から近い本八丁堀三丁目の甚助店（じんすけだな）だった。千草の店に顔を出すようになったのも、独り住まいをはじめてからである。

「ええ、もう半年にはなりますから」

「いずれは暖簾を分けてもらうんでしょう」

「へえ……」

幸助はうつむいた。さっきよりさらに悩ましげな顔になっていた。

「何かあったの？」

千草の問いに、幸助はさっと顔をあげて、

「もう一本つけてもらえませんか」

と、酒の追加注文をした。

千草は板場に戻り、新しい徳利を銅壺に入れたが、いつもと違う幸助のことが気になった。

つけた燗酒を持って幸助のもとに行くと、さっきの徳利は空（から）になっていた。

「女将さんは人に裏切られたことがありますか？」

幸助は突然そんなことを聞いてきた。まっすぐ千草の顔を見る。

「そりゃあ、ないと言ったら嘘になるけど……どうして？」

「信じていた人に裏切られたらどうします？」

千草はまじまじと幸助を見つめた。おそらく幸助はいまそんな思いをしているのかもしれない。

「誰かに裏切られたの？」

「……ま、そんなことではないんですが」

幸助は言葉を濁して手酌で酒を飲んだ。

「わたしで役に立つんだったらお話を聞きますけど……悩みがあるんじゃないの？それともいやなことがあったの？」

幸助は宙の一点をじっと見つめたあとで、

「いえ、何でもありません。忘れてください」

と言って、泣きそうな顔で笑った。

話は弾まなかった。

新しい客の来る気配がないので、千草は片づけにかかった。それからしばらくして、幸助は勘定をして帰って行った。

「気をつけてね」

淋しそうな後ろ姿に声をかけると、幸助は振り返ってちょこんと頭を下げた。

「いったいどうしたのかしら」

千草は思わず独り言をつぶやいた。

三

「その番頭はいくつなんですか？」

与茂七が飯をかき込んだあとで、千草に顔を向けた。

「二十八だったかしら」

「だったら、もう立派な大人じゃないですか。めそめそ言う野郎のことなんか気にしないほうがいいですよ」

与茂七はそう言うと、

「ああ、食った食った。朝から食いすぎかな」

と、自分の腹をぱんぱんたたいた。

伝次郎はそんな与茂七を見て苦笑し、

「まあ、気になるんだったら、折を見て何を悩んでいるか聞いてみたらどうだ」

と、千草を見てから箸を置いた。

朝餉（あさげ）の席で、伝次郎と与茂七は、昨夜千草の店を訪ねてきたという番頭の話を聞かされたのだった。

「まあ、そうですね」

千草は浮かない顔で返事をして片づけにかかった。

「旦那、今日も暇なんですよね」

伝次郎が座敷に行くと、与茂七が声をかけてきた。

「そうだな」

「だったら稽古をつけてくださいよ。天気もいいことだし」

庭にいる与茂七は空をあおぎ見てから、伝次郎に顔を戻した。色白で鼻っ柱の強い顔をしているが、そのじつ情に脆（もろ）いところもある。

伝次郎の家に居候するようになって久しいが、いまは南町奉行の筒井（つつい）政憲（まさのり）の右腕となってはたらく伝次郎の助（すけ）をしている。

喧嘩っ早く気性の荒い面があったが、いまはなりをひそめ、剣術に目覚めている。

「稽古をつけるのはかまわぬが、その前に舟の手入れをするので手伝え」

「へえ、そういうことならまかしておけの承知の助です」

与茂七は軽口をたたく。

それからすぐに川口町の自宅を出て、猪牙舟を繋いでいる亀島橋に行った。昨日まで川は濁っていたが、いまは普段のように澄んでいた。穏やかな水面が秋空と浮かんでいる雲を映し取っていた。

「それにしても舟が流されなくてよかったですね。あの嵐の晩にはどうなるものかと気が気でなかったんです」

与茂七は腕まくりをして舟縁の汚れをたわしでこすり落としている。

「そのわりにはぐうすか寝ておったではないか」

伝次郎は淦を掬い出しながら言葉を返す。

「へっ。寝てませんよ」

「いや、おまえは眠りこけていた」

「ちょいと居眠りしただけじゃないですか。旦那も意地が悪いや」

痛いところをつかれた与茂七はせっせと体を動かす。

伝次郎はそんな与茂七を眺めて作業に戻る。それにしてもひどい嵐だったと、先日の晩を思い出す。

強い風を伴う雨が江戸の町を襲い、大川と言わず市中を流れる川や堀川も増水し、浸水した町屋もあった。不気味な音を立てて吹き荒れる風は、脆弱な町屋の屋根を剝ぎ取り、古くて傷みの激しい雨戸や戸板を破った。

倒壊した家は数え切れないほどあり、氾濫した川の水で浸水被害にあった家も多かった。最も被害が大きかったのは、浅草と北本所一帯だった。丁度、野分の通り道だったらしく、町屋の建物に比べて頑丈にできている大名屋敷も被害を蒙り、いまは復旧作業の真っ最中だ。

猪牙舟の手入れをしている間にも、町のあちこちから玄能や槌音が聞こえてくる。

伝次郎の川口町の屋敷と千草の店が無事だったのはさいわいだったが、奇跡としか言いようがない。

伝次郎と与茂七が舟の手入れをしているのは、亀島川に架かる橋の袂なのだが、その下流、大川の河口でちょっとした騒ぎが起きていた。

場所は鉄砲洲の沖で、石川島のそばだった。その舟を見つけたのは、日本橋の魚河岸に魚を卸して戻る漁師だった。

「おい、ありゃ舟じゃやねえか」

櫓を操っていた忠太という漁師が、同じ舟に乗っている仲間に告げた。

二人は目を凝らして、舳だけを水面に上げている舟を見た。

「近づけて見ようじゃねえか。この間の野分で沈んだのかもしれねえ」

十助という仲間が生唾を呑んで言った。

「だったら船頭もいるんじゃねえか」

櫓を漕ぐ忠太はゆっくりと沈んでいる舟に近づいて、その様子をたしかめた。それは古くて粗末な荷舟だった。

「どこから流れてきたんだろう?」

忠太は十助を見た。

「そんなこと、おれに聞いてもわかるわけねえだろう」

「人はいねえか……」

二人はあたりに目を凝らしたが、舟の持ち主あるいは船頭らしき人は見えなかった。結局、沈没間際の舟をそのままにして帰路についたのだが、今度は明石町の先の海に出たところで櫓を漕いでいた忠太が、

「おい、ありゃなんだ?」

と、一方を指さした。

十助はその方角を眺めてから顔をこわばらせた。

「死体だ」

あきらかに死体だった。仰向けになって波間にぷかぷか浮かんでいるのだ。

「ど、どうする?」

「どうするって……死体を見つけて黙ってるわけにゃいかねえだろう」

十助は舟縁にしがみついたまま、硬い表情を忠太に向けた。

四

徳兵衛は深川中島町の自身番に入ると、夜番の書役・金三らの報告を受けて引き

継ぎ、文机の前に座った。

この町は小さくて住人もさほど多くないので、自身番に詰めるのは三人だけだった。昼番と夜番を交替で行っている。

主な仕事は町触れを伝えることと火の番である。頃合いを見ては犯罪が起きていないか町内をまわったりもする。もし不審な者がいれば、捕まえたり、町方に通報する。捕まえた場合は、自身番に留置して町方の同心に引きわたすだけだ。もっともそんなことは滅多にあることではない。

徳兵衛が文机の前に座ってすぐに、番人の猪吉と店番の新太が揃ってやって来た。

「昨夜も何もなかったそうだ」

徳兵衛がそう告げると、

「あっちのほうは大丈夫でしょうね」

猪吉が声をひそめた。

「さっき見たばかりだ。何も変わっちゃいないよ」

徳兵衛も声をひそめて答えた。

「親方。でも、あの金をどうするんです？」

新太が真顔を向けてくる。二十三歳のその顔には、面皰(にきび)ができている。

「もう少し様子を見る」

「いつまでです？　おれたちゃ金持ちになれるんですよ」

猪吉が上がり框から身を乗り出して徳兵衛を見る。

「シッ。声がでかい。人に聞かれたらどうするんだ」

徳兵衛は渋面(じゅうめん)を作ってから言葉を足した。

「いいかい。大金を手にしたあとが大事なんだ。おまえたちはまだ若い。いい着物を誂(あつら)え、滅多に入れない料理屋で酒を飲んで遊ぶ。駕籠(かご)を使って吉原(よしわら)に繰り出す。しけた長屋からもっとましな家に引っ越しをする。煙管(キセル)だって巾着だって、値の張るものを買うだろう。急にそんなことをしたら、まわりの者は何と思う？」

徳兵衛は猪吉と新太を眺める。

「大金を手にしたからといって、すぐに使ってはならない。思いもよらぬ金を手にした貧乏人は、大方同じような金の使い方をする。そこんところをよくよく考えなきゃならないし、肝に銘じなきゃならない。金をつかんだ貧乏人にかぎって、羽振りのよさを自慢したがるんだ」

「そんなことはしませんよ。分けるなら早く分けてもらいたいんですがね」

猪吉は猜疑心の勝った目を向けてくる。独り占めされるのかもしれないと危惧しているような目つきだ。

「言っただろ、金は三人で分けると。それを信じるんだ。だけど、いまはだめだ」

「なぜです？」

新太だった。

「あの晩、舟が流され、乗っていた男も流された。そうだね」

徳兵衛の言葉に猪吉と新太は真顔でうなずく。

「舟は流されて沈んだかもしれないが、死体は沈みはしない。いずれ浮き上がってくる。おまえさんたちもそのことは知っているはずだ。そうなれば騒ぎになる。そして、町方の旦那の聞き込みがある。わたしたちは何も知らないから、何も教えることはない。そうだな」

猪吉と新太はうなずく。

「町方の調べが終わるまで待つんだ。それまで、常と変わらず仕事をする。いまはそれが大事なことだ。わかったかい」

　二人は神妙な顔でうなずいた。

「だったらそうするんだ。新太、お茶を淹れてくれ」

　徳兵衛はそう指図して文机の上にある帳面を開いた。だが、目に入ってくる文字は頭に入らず、他のことを考えた。

　三人で山分けしても、ひとり百両以上になる。正確に言えば、木箱には四百三十両が入っていたから、ひとり頭百四十三両が取り分だ。残る一両は三人でうまいものを食って終わりにしてよい。

　自身番の仕事を請け負っているが、実入りは少ない。それは町費から出る給金だ。店番銭という余禄もあるが、それも雀の涙でしかない。

　百四十三両あれば、余生を遊んで暮らせる。いい思いもできる。切り詰めた暮らしをする必要もなくなる。これまでできなかったことができる。

　そのことを考えると、思わず笑みがこぼれそうになる。徳兵衛は新太が淹れてくれた茶を、うまそうに飲んだ。

　町は静かである。厄介な騒ぎもなければ、面倒なもめ事もない。いつものように時間はゆっくり過ぎてゆく。

その日は道を教えてくれと訪ねてきた行商人が二人と、中島町と相川町に架かる巽橋の橋杭に引っかかってたまっているゴミを、撤去してもらいたいという相談に来た町の者がいた。

二人の行商人には猪吉が丁寧に道順を教え、ゴミ撤去の相談には徳兵衛が町役の家を訪ねて相談をして、明日にでも人足を雇って片づけることが決まった。

徳兵衛は町方の同心が来るのを半分期待し、半分は来ないでほしいという複雑な気持ちでその日を過ごしていた。

二人の男がふらりと訪ねてきたのは、日が西にまわり込み通りを歩く人の影が長くなりはじめたときだった。

「つかぬことを訊ねるが、徳兵衛という親方はあんたかい」

三和土に立ってそう訊ねるのは、身なりのよい中年だった。ただ、鷲鼻で目つきが鋭く、その身に醸している雰囲気で堅気ではないと思った。

もうひとりは無精髭を生やした横幅のある体つきの男だった。もう少し背が高ければ相撲取りになれそうな体格をしていたが、着ている棒縞の着物は草臥れていた。その男も目つきがよくなかった。

「徳兵衛はわたしですが、なにかご用で？」

「わたしは米倉清三郎と言います。ちょいと探し物をしているんだが、あんたらがこの番屋に詰めている晩のことだ。野分のあった晩だが、ここに詰めていたな」

米倉清三郎と名乗った男は、ひたと徳兵衛を見つめ、ちらりと新太と猪吉を見、すぐに徳兵衛に視線を戻した。

「詰めていましたが、それが何か？」

「野分の去った朝方のことだ。おおむね七つ半（午前五時）頃のことだが、見廻りに出ていないか？」

徳兵衛はどうしてそんなことを聞くのだろうかと、心中で警戒した。それにこの男の口ぶりから、自分たちのことを予め調べているようだ。徳兵衛は下手な嘘は通用しないと感じた。

「出ました。夜が明ける前のことでした。わたしではなく店番が見廻りに出ています」

徳兵衛は新太を見て答えた。清三郎は新太を見た。

「おまえさん、どこをまわった？」

「どこって町内です」

新太は徳兵衛を一度見てから、清三郎に答えた。その清三郎の冷たそうな目が、ひたと新太を見据える。

「町内のどこだ？」

「ひととおりまわっただけです。嵐で壊れた家や倒れそうな家を見て、ここに帰ってきました」

清三郎はじっと新太をにらむように見た。

「川を見なかったか？　ここは大川の河口だ。夜が明ける前でも少しはあかるくなっていたはずだ。川を見ていないか？」

新太はまた徳兵衛を見た。救いを求めるような目だった。徳兵衛は清三郎ともうひとりの男に気取（けど）られないように、目顔（めがお）で話せと新太に言った。意思が通じたのか、

「見ました。川は波を打つように荒れていて、いろんなものが流されていました」

と、新太は答えた。

「いろんなもの。……舟を見なかったか？」

そばにいる徳兵衛はドキッとした。この男たちは、新太が見つけた死人を捜して

いるのだ。するとあの死人の仲間か敵のどちらかだろう。いや、探しているのはあの金箱かもしれない。

「舟は見なかったです。流れていたかもしれませんが、おいらには見えませんでした」

新太はうまく答えた。徳兵衛は内心で胸を撫(な)で下ろした。

「見なかったか。そうかい……」

清三郎はまた連れの大男を見て、徳兵衛に顔を戻した。

「舟がどうかなさいましたか？」

徳兵衛は声をかけたあとで、こんなことを聞くべきではないと後悔したが、もう遅かった。清三郎は疑心の勝った目を向けてくる。それも無表情なので気味が悪い。

「何でもねえ。だが、また他のことを聞きに来るかもしれねえ。あんたは徳兵衛で、おまえは……」

清三郎は新太を見て聞く。新太は名乗った。清三郎の視線が猪吉に移ると、猪吉も名乗った。

「新太と……猪吉だな」

清三郎は新太と猪吉を交互に見てから、徳兵衛に「邪魔をした」と言って、表に出ていった。

徳兵衛は息を呑んだ顔で二人の男を見送ったあとで、猪吉と新太を見た。

「親方、あの人、また他のことを聞きに来るかもしれないと言いましたね」

新太がこわばった顔で言った。

「そう言ったね」

応じた徳兵衛の顔もこわばったままだった。

五

それは伝次郎が愛刀井上真改の手入れをしている昼前のことだった。

「下城の折を見計らって……」

玄関に行った伝次郎は、奉行所から使いに来た中間を訝しそうに見た。

「さように言付けるよう申しつけられました」

「相わかった」

伝次郎は中間を帰して、奥座敷に戻ると、手入れの終わった刀を一度鑑賞して鞘(さや)に納めた。庭で素振りをしている与茂七を眺め、

(下城の折……)

と、心中でつぶやいた。

それは南町奉行・筒井政憲が下城して奉行所に戻る時刻のことである。町奉行は毎日登城し、奉行所にはおおむね八つ(午後二時)頃に戻り、配下の者から上がってくる吟味や裁決などの諸事をこなす。

「与茂七、昼をすませたら出かける」

素振りをしていた与茂七が動きを止めて伝次郎を見た。

「どこへ行くんです?」

「御番所(ごばんしょ)だ。お奉行に呼ばれたのだ」

「すると、またもや判じ物(はんじもの)でしょうか?」

与茂七は目を輝かせる。

「判じ物かどうかわからぬが、お役目をいただくことになるだろう。八つ過ぎに御番所に行くが、粂吉(くめきち)にその旨(むね)伝えに行ってくれ。御門前で待つようにと……」

「それじゃ、ひとつ走り行ってきやす」

諸肌(もろはだ)を脱いでいた与茂七は、着衣を調(ととの)えると、そのまま表に飛び出していった。

(何かあったのだろうが、此度(こたび)は何であろうか……)

伝次郎は予想のつかないことを心中でつぶやき、台所へ行って洗い物をしていた千草に声をかけた。

「それじゃ忙しくなるかもしれませんね」

「どんな御用かわからぬが、そうなるやもしれぬ。さようなことなので、おれが遅くなっても、いらぬ心配は無用だ」

「承知いたしました。いま、お昼の支度をします」

昼餉をすませた伝次郎が、与茂七と粂吉を連れて南町奉行所の門をくぐったのは、八つを少し過ぎた刻限だった。

与茂七と粂吉を門内の腰掛けで待たせた伝次郎は、そのまま表玄関を横目に見て、同心詰所の前から、お役所の建物をまわり込み、内玄関から用部屋(ようべや)に入った。取次に自分が来たことを告げ、筒井奉行を静かに待った。

伝次郎は正式な町奉行所の役方(やくかた)には就いていない。奉行の家臣の扱いで、内与力(うちよりき)

格になっている。内与力は奉行が他の役職に異動となれば、そのままついていくが、伝次郎はどうなるかわからない。

筒井が町奉行所を去れば、一介の浪人身分に戻る可能性は大いに考えられた。かといって伝次郎はそのことを憂いてはいない。すでに肚は括っているので成り行きまかせである。

すうっと奥の襖が開いた。伝次郎は両手をついて頭を下げる。畳をする足音が近づき、静かな風が頬を撫でていった。

「面をあげよ」

筒井の声が間近でした。伝次郎はわずかに頭をもたげた。

「窮屈はいらぬ。楽にせよ」

再度の声で、伝次郎は頭をあげて筒井を見た。

齢五十をとうに過ぎている筒井には年相応のしわがあるが、目の輝きは変わっていない。短軀だが器量のなせる業か、実際より大きく見える。福々しい温厚な顔にかすかな笑みが浮かんでいた。

「ちくと肥えたか？」

「いえ、さほど変わっていないと思いますが……」

「さようか。そちはいつも引き締まった体に顔つきであるから、少し肥えてもわからぬのであろう」

筒井はそう言って短い世間話を勝手にしたあとで本題に入った。

「さて、呼んだのは他でもない、気になることがあるからだ。昨夜はそのことを考えてなかなか眠れなかった」

「はて、気になることとは……？」

「うむ。昨日、明石町の沖に死体が浮かんでいたという知らせがあった。また、石川島の近くには沈みかけていた舟が一艘あったそうだ。見つけた品川(しながわ)の漁師が明石町の番屋に届け、その旨のことが申し送られてきた。番屋のほうで死体の身許を調べているところだ。あえて御番所の出る幕でもないと思うていたが、昨夜、床に就いてふと思い出したことがあった」

筒井は短い間を置いて、言葉をついだ。

「先日の嵐の晩に賊に入られた店があった。南本所石原町(いしわらちょう)の蠟燭(ろうそく)問屋・山城(やましろ)屋万(まん)右衛門(えもん)方だ」

伝次郎にはぴんと来た。大きな蠟燭問屋で本所界隈の旗本や大名家に重宝されている店である。

「賊の所業はいかほどのものでございましょうか？」

「怪我人は出ておらぬ。盗まれたのは五百両ほどらしい」

「五百両……」

大金である。

「嵐の翌朝に山城屋から訴えがあり、即刻、定町廻りが調べに入ったのはよいが、まったく賊につながる手掛かりがないので、そのまま留め置くよう指図をいたした。そこまで申せば、そなたにも察しはつくであろう」

筒井は静かな眼差しを向けてくる。

「明石町の沖に浮かんでいた死体と、山城屋に入った賊がつながっているかもしれないと、さようにお考えで……」

「あくまでもわしの勘である。無駄足になるやも知れぬが、ちくと調べてくれぬか」

「承知いたしました」

「頼んだ」

筒井からの指図を受けた伝次郎は、奉行所の表門そばで待っていた粂吉と与茂七を連れ、そのまま明石町の自身番に向かった。

「死体はまだ番屋にあるんでしょうか？」

粂吉が歩きながら問いかけてくる。

「おそらくないだろうが、死体の人相風体は番屋に行けばわかるはずだ。気の利いた親方ならば人相書を作っているはずだ」

「そうであることを願います」

与茂七が言葉を添えた。

六

「見つけたのは十助と忠太という品川の漁師でした。魚河岸に魚を卸しての帰りだったと言っていましたが……まさか」

明石町の自身番の書役は、驚いたような顔を伝次郎に向けた。

「その二人を怪しんでいるのではない。それで、死体の身許はわかったのか？」

伝次郎は詰めている番人と店番を見て、書役に顔を戻した。

「身許はわかっておりませんが、似面絵だけは描いてあります」

なかなか気の利く書役である。見せてくれと言うと、すぐに文机の下から似面絵を出した。下手な絵だった。

「絵師に頼んだのではありませんので、それが精いっぱいです。じつはあたしが描いたんです」

書役は恥ずかしそうに薄くなっている頭をかいた。

伝次郎は似面絵に視線を落としつづけた。

男は三十前後、中肉中背で顴骨が張っている。目は少し窪み、太い眉、低い鼻、ぼってりした唇。下手な絵だが特徴はよく捉えられていた。

粂吉と与茂七がそばに来てその絵をのぞき込んだ。

「沈みかけていた舟があったと聞いているが……」

「昨日、浜の漁師が寒橋まで引っ張ってきましたが、調べに来た町方の旦那は眺めただけで引きあげていきました」

寒橋というのは、鉄砲洲の南端にある明石町と南飯田町を繋ぐ明石橋の別称である。

「その舟はまだあるのだな」

伝次郎が問うと、あると言うから、早速見に行った。

舟は古びて粗末な小さな荷舟だった。沈みかけていたらしく、舟底には海水がたまっていた。伝次郎はその舟に乗り込んで、めぼしいものがないか仔細に見たが、これというものはなかった。ただ、舳の外側に極印があった。

官許を得た舟の証である。発見された死体が持ち主だったのだろうかと考えたが、たしかめる術はない。もし、盗まれた舟であれば、自身番に届けが出されているはずだ。

岸にあがると、顎を撫でながら沖合に目を向けた。遠くに白い帆を張った漁師舟が何艘か見える。明石町は大川の河口にあるが、もうほとんど江戸の内海と言ってもよい。

海は波穏やかで秋の日差しを受けきらきら輝いている。

「旦那、どうします？」

条吉が横に立って聞いてきた。

「うむ。沈みかけていた舟には極印がある。持ち主が死体となった者だったのかどうか調べたいが……」

伝次郎は再びそろりと顎を撫でて考える。

「もし、盗まれた舟なら届けが出ているのでは……」

条吉も同じことを考える。

「それを調べてくれぬか。舟が嵐の晩に流されてきたのなら、おそらく大川から流れてきたのだろう。川沿いの番屋をあたってくれ」

「わかりました」

「旦那、おいらは……」

与茂七が仕事をほしがる目をして近づいてきた。

「おまえはおれについてこい。山城屋へ行く」

「舟で行くので……」

「そうだな。この先のことを考えると、舟のほうが便利だろう」

伝次郎はその場で条吉と別れ、与茂七を連れて自分の猪牙舟をつないでいる亀島橋へ足を急がせた。

「寒橋の舟を見たせいか、この舟がやけに立派に見えますすね」

伝次郎の猪牙舟に乗り込むなり、与茂七がそんなことを口にした。

「おまえがよく手入れをしてくれるおかげだ」

「ひょっ」

与茂七はおどけたように口をすぼめた。

「なんだ、いまのは？」

「いえ、旦那が褒めてくれるのがめずらしいからですよ」

「そうか……」

伝次郎は尻を端折り襷を掛けて、つかんだ棹で岩壁を押した。猪牙舟はすうっと堀川の中ほどへ進んでいく。

「おれはなかなか褒めないか」

棹を使いながら与茂七を見る。

「そうでもないですが、おれのことはあまり褒めてくれないじゃないですか」

「おまえがちゃんとできるようになれば、そうでもないさ」

「それじゃ、おれはまだ半人前ってことじゃないですか」

伝次郎はへそを曲げたように口をとがらせる与茂七に苦笑して棹を操る。

「いらぬことを考えず、明石町の沖で見つかった死体と、山城屋に入った賊との関わりを自分なりに考えてみたらどうだ。外れていようがあたっていようが、推量することに無駄はない」

「へえ」

舳の近くに座っている与茂七は神妙な顔でうなずく。伝次郎に言われたせいか、急に黙り込んで考えをめぐらしはじめたようだ。

伝次郎は大川に猪牙舟を押し出すと、流れに逆らって遡上する。野分の翌日は、大川は茶色く濁っていたが、いまは普段と変わらず澄んでいた。水面下にはさっと動く魚の影があり、ときどき水面に飛び跳ねる魚も見られた。

大川端には赤い彼岸花が咲き乱れ、ススキが伸びはじめていた。

猪牙舟は右岸沿いをゆっくり遡上する。両国橋をくぐり抜け、御米蔵に差しかかると、筏舟や高瀬舟が下ってくる。対岸の本所はあかるい日差しに包まれていた。伝次郎は舳をその本所のほうに向け、川を横切るように猪牙舟を進める。

棹から櫓に持ち替えている伝次郎は、ときどき与茂七の後ろ姿を眺めた。きぃきぃと、櫓が軋み、舳がかき分ける水音がする。

「何か考えたか？」

伝次郎は南本所石原町の川口に架かる石原橋を見ながら与茂七に声をかけた。

「こじつければいろいろ考えられますが、いい加減なことを言うと、旦那に馬鹿にされそうだから……」

「馬鹿になんかしないさ。思ったことを言えばいいのだ。さ、もうすぐだ」

伝次郎は黙々と櫓を漕いで、大川をわたりきると石原橋をくぐって入堀に入った。埋堀河岸と呼ばれる河岸地があり、その河岸のそばに蠟燭問屋・山城屋があった。

山城屋は埋堀河岸に面していた。間口四間半（約八・二メートル）、奥行きは十間（約一八メートル）ほどある大きな問屋だった。店の前には三台の空の大八車が置かれ、手桶を積んだ天水桶があった。

「でけえ店ですね。蠟燭問屋だと聞いていたんで、もっと小さいかと思っていた」

与茂七が目をまるくして、屋根看板を眺めた。

「蠟燭だけでなく線香も卸している店だ」

伝次郎がそう言って店の暖簾をくぐろうとしたときだった。

「や、泥棒!」

という声と同時に、黒い影が店のなかから飛び出してきて伝次郎に勢いよくぶつかった。

「あ」

伝次郎が声を漏らしてよろけると、黒い影はそのまま通りを脱兎(だっと)のごとく駆けていった。

「泥棒だ、泥棒。すぐに店の者が飛び出してきて、誰か捕まえてくださいまし!」

と、声を張った。

「与茂七、追うんだ!」

伝次郎に言われる前に、与茂七は男を追って走り出していた。

七

伝次郎があとを追おうとしたとき、与茂七が逃げる男に飛びかかって後ろ襟(えり)をつかんで引き倒し、そのまま馬乗りになって首を絞めた。

「か、勘弁してくれ。離してくれ」

泥棒と呼ばれた男はまだ若かった。顔を苦しそうにゆがめ、与茂七から逃れようともがくが、急所を押さえられているのでどうすることもできない。

「何を盗みやがった。これか……」

与茂七は男を押さえながらそばに落ちている巾着を拾いあげた。

「与茂七、立たせろ」

伝次郎がそばに行って命じると、与茂七は男の腕を後ろに捻りあげて立たせた。

そこへ身なりのよい中年がやって来た。

「その、巾着はわたしのです。お世話になりました。助かりました」

中年男はぺこぺこと頭を下げる。

「南町の沢村だ。用心することだ」

伝次郎は与茂七から巾着を受け取って、中年男にわたした。

「御番所の方でしたか。いや、ほんとうに助かりました。ありがとう存じます」

「旦那、この野郎はどうします？」

与茂七が泥棒男を突き出すようにして言った。

「とりあえず話だけ聞こう。山城屋に連れて行く」

伝次郎はそう言って中年男にもついてくるように言った。

山城屋に入ると、気を利かせた番頭が小座敷に通してくれた。泥棒の名は平作と言った。歳は十八で、仕事をなくして、食うに食えず出来心で巾着を盗んだと言った。

巾着の持ち主は、数右衛門という近所の菓子屋の主で、平作は身なりがよく金を持っていそうだから、御竹蔵のそばから数右衛門を尾け、山城屋で隙を見て盗んだと言った。

「こんなことをしたのは何度目だ」

伝次郎は話を聞いたあとで、平作をにらみ据えた。平作はすっかり震えあがっていた。

「は、初めてです。ほんとうです。魔が差しちまって……もうしわけないです。すみませんでした。もう二度とやりませんので、どうか許してください。お願いです」

平作は畳に額を擦りつけて懇願する。

伝次郎は数右衛門を静かに見た。

「こやつはこう言っているが、いかがする？　訴えるなら、然るべく面倒な手続きをしなければならぬ。手間も暇もかかる。勘弁ならぬなら、そうするが……」

数右衛門は短く迷って、平作を蔑んだ目で見て、

「巾着も返ってきましたし、盗まれるわたしにも落ち度があったのでしょう。心を入れ替えてくれるなら、まあしかたないでしょう」

平作は泣きそうな顔で「ご勘弁を、ご勘弁を」と、ひたすら頭を下げる。

「おい平作、旦那が許してくれるそうだ。引っ立てて牢屋に入れることもできるが、此度にかぎって目こぼしだ」

「へへー、ありがとうございます」

平作は救われたという顔でまた頭を下げた。

数右衛門は先に帰っていったが、伝次郎は平作からもう一度話を聞いた。

平作はすっかり観念の体で、身の上話をした。先日の野分で住んでいた長屋が倒壊しただけでなく、奉公していた畳屋も水に浸かり商売ができなくなり、住まいと

食い扶持をなくし途方に暮れ、ついつい邪なことをしてしまったと、深く反省している様子だった。

「わかった。二度と同じようなことをしてはならぬ」

「へえ、もう二度としません」

そう言う平作を伝次郎は短くにらむように眺めたあとで、財布から小粒（一分金）を取り出し、平作の手をつかみ取ってにぎらせた。

平作は目をまるくして伝次郎を見る。

「腹が減っているのだろう。何か食え。腹が満ちれば悪いことは考えぬはずだ。どんなに苦しかろうが辛い目にあおうが、真面目に生きていればきっとよいことがある。そう信じて生きるんだ。おまえはまだ若い。何でもできるはずだ。さ、行け」

平作は信じられないように目を見開き、ぽかんと口を開けて伝次郎を見、ぽろりと涙をこぼした。

「あ、ありがとうございます。まさか、こんなことを……」

「ええい、早く行かぬか。目障りだ」

伝次郎に強く言われると、平作は平身低頭で尻尾を巻いた犬のように、その座敷から出て行った。

「旦那、何もあそこまで……」

与茂七があきれ顔をしていた。

「いや、おまえのはたらきは見事だった。なかなかやるものだ」

褒めてやると与茂七はにたりと頰をゆるませた。

そこへ山城屋の主、万右衛門がやって来た。

「ご厄介をおかけいたしました。それでお訊ねになりたいとおっしゃいますのは、うちの金蔵が破られたことでございますね」

「いかにも。同心の調べは受けているだろうが、もう一度話を聞かせてくれ」

伝次郎の求めに、万右衛門は野分の晩にあったことを細大漏らさず話した。だが、その夜は風と雨がひどかったので、店の奉公人も万右衛門の家族も店からは誰ひとり出ていなかった。

金蔵が破られたのに気づいたのは翌朝のことで、大騒ぎになり、調べてみると蔵のなかにしまっていた金箱が盗まれていたことがわかった。

賊の足跡もなければ、不審な物音に気づいた者もいなかったと言う。また、山城屋に意趣を持っている人間もいなければ、揉め事もないらしい。商売は順調で、店の使用人、出入りの業者にも客にも疑わしい者はいないと言う。

あらかたのことを聞いた伝次郎は、万右衛門に破られた金蔵に案内してもらった。

金蔵は青くてかたい実をつけた柿の木のそばにあった。山城屋の小さな庭の隅だ。一方は槙の木を剪定した垣根で、金蔵の裏は隣の商家の壁、もう一方は背の低い板塀だった。その気になれば、垣根からも板塀からも侵入できる。

観音開きになっている金蔵の扉には、頑丈な錠前が二つ取り付けてあった。

「錠前は盗まれたときにも、二つあったのか?」

伝次郎は案内をする万右衛門を振り返った。

「いえ、金箱を盗まれたあとで新しいものに換えたのです。盗まれたときはひとつだけでしたので……」

伝次郎は金蔵を一周した。進入口はどこにもない。つまり、賊は錠前を破って入ったのだ。

「賊が入ったと気づいたとき、つけてあった錠前はどうなっていた?」

「その辺に落ちていました。扉は半分開いたままでした」

錠前を破って蔵に入った賊は、金箱を盗んでそのまま逃走したのだ。

「その晩、店の者はこの庭には出なかったのだな」

「ひとりも出ておりません」

万右衛門ははっきり答えた。

伝次郎は金蔵の前に立ち、庭を眺めた。さほど広くない。およそ三間四方だ。柿の木の他に、松と楓(かえで)がある。庭には裏の勝手口からも、縁側からも出てこられる。賊は板塀、もしくは垣根から侵入したと考えるべきか。しかし、その賊を見た者は誰もいない。不審な物音に気づいた者さえいない。賊の落とし物もない。

定町廻りの同心が調べに入っているが、おそらくお手上げだったのだろう。その報告を聞いた奉行の筒井は調べを保留した。

「金箱には何か印があるのか？」

「うちの家紋が箱の外側にあります。桔梗(ききょう)紋です」

伝次郎は少し垂れ目の福々しい顔をしている万右衛門を見、ぐるりと庭を眺めてから、

「盗みに入った者に心あたりはないのだな」

と、あらためて問うた。

「まったくありません。通いの使用人にも、住み込みの使用人にも疑わしい者はいないのです」

（これは厄介な判じ物だ）

伝次郎は心中でつぶやきを漏らすと、そろりと顎をなでた。

第二章　金箱

一

自身番をまわっていた粂吉だが、盗難にあった舟の届けはどこにもなかった。

もっともすべての町をまわったわけではないが、少々草臥れてきた。

「ふう」

と、ため息をついた粂吉は、両国橋をわたり竪川沿いの町屋にある自身番を訪ね、そのあと二ツ目之橋をわたり、六間堀沿いの町屋にある自身番を訪ね終わったところだった。

いまいるのは、小名木川の入口に架かる万年橋のそばにある茶屋だった。

床几（しょうぎ）に座ってすっかり秋めいている空を眺める。いつしか日は西にまわって低くなっていた。あと一刻（いっとき）（二時間）もすれば日が暮れそうだ。

茶を飲みほすと、膝をたたいて立ちあがり、大川の左岸沿いの町屋にある自身番を訪ねていった。しかし、どこの自身番にも舟を盗まれたという届けはなかった。

石川島のそばで見つかった舟は盗まれたのではなく、あの死人のものだったか、まったく別の持ち主がいるのかもしれない。先日の野分は江戸にひどい被害をもたらしているから、十分考えられることだ。

それに舟はずいぶん古くて粗末だった。もし流された舟だったとしても、持ち主はあきらめているかもしれない。

ただ気になることがあった。粂吉が訪ねたいくつかの自身番で、

「何だか同じようなことを聞きに来た人がいます」

と、言われたのだ。

すべての自身番ではなかったが、そのことを聞きに来た男は二人連れで、

――野分の去った明け方に流される舟を見なかったか？

と、聞いたそうだ。

「流される舟を……」

「そんなことを聞かれました。あんまり人相のいい男ではなかったです」

それは気になることだったが、深川佐賀町でも似たような話を聞いた。

ひょっとすると、その二人の男が、あの粗末な舟の持ち主なのかもしれないと、粂吉は勝手に考えた。

永代橋のそばまで来たとき、日が暮れかかってきた。早仕舞いをして家路についている職人や夕刻の商いに出ている豆腐屋や魚屋と出くわした。

西の空はきれいな夕焼けで、数羽の鴉が鳴き声を町屋に落としながらお城のほうに飛んでいった。

「もう少し聞き込むか……」

聞き込みは地味で飽きが来るが、粂吉は丹田に力を入れ、ぽんと腹をたたいて足を進めた。

深川中島町の自身番の書役を務めている徳兵衛は、開け放してある戸の表をぼんやりした顔で眺めていた。だが、頭のなかではいろんなことを考えつづけている。

もっとも気になっているのは、大金の入った金箱のことだが、店番の新太と番人の猪吉が早く金を分配してくれとせっつくことだ。

徳兵衛は金を分けるのはもう少し待てと、よくよく言い聞かせている。金箱に入っているのは小判である。一両小判を持つ貧乏町人は滅多にいない。

普段、町人が使うのは緡に差した一文銭だ。ときに一分金や一朱銀などを使うこともあるが、基本は緡銭である。

それが急に小判を使うことになったら疑われるのは目に見えている。両替屋で換金したとしても、それは同じである。

それに、あの金は〝きれいな金〟ではないような気がする。

今日は朝から猪吉と新太がいつものように気安く話しかけてこない。どことなくよそよそしく、人を疑うというか恨めしそうな目で見てくる。

仕事が終わったら二人とよくよく話をしなければならない。徳兵衛はそう考えて、揃ったように暇を持て余して上がり框に腰掛けている猪吉と新太を眺めた。

「おまえさんたち……」

声をかけるとさっと二人が顔を振り向けてきた。

「夜番が来たらそのまま帰らずに、どこかで話ができないか。相談があるんだ」

「相談ならあっしにもあります」

そういう猪吉の顔には怒気が含まれていた。

「おいらも親方に相談があるんです」

新太も同じようなことを口にする。どんな相談か、徳兵衛には察しがつく。

「それじゃ引き継ぎをしたら、どこかで飯でも食いながら話をしよう」

猪吉と新太は神妙な顔でうなずいた。

徳兵衛は文机の帳面を閉じ、背後を振り返った。

居間の奥にはどこの自身番もそうだが、犯罪人を一時留め置く狭い板の間がある。鉄の鐶が柱に取り付けられ、縄を通して逃げられないようになっている。

その板の間の下に例の金箱は隠していた。仕事に来ると、三人はその箱が無事かどうかをいっしょにたしかめるようにしている。

夜番に引き継ぐのは暮れ六つ（午後六時）だ。深川中島町は小さな町なので、自身番に詰める者は少ない。昼番三人、夜番三人だ。交替は変則で、書役や他の者の都合で夜になったり昼になったり、その都度相談して行っている。

表を歩く人の影が長くなった頃、ふらりとひとりの男が入ってきた。目立たない凡庸な顔をした男だが、徳兵衛はぴくっと片眉を動かした。名前は忘れたが、町方の手先をやっている男だ。

「久しぶりだな。おれのこと覚えているかい」

男はそう言って三人を眺め、さらに付け加えた。

「南町の酒井彦九郎の旦那についていた粂吉だ。親方には何度か会ったはずだ」

そう言われて徳兵衛は思い出した。

「そうでした。粂吉さんでしたね。いやあ、しばらくでございます」

徳兵衛はいつもの書役の顔になって応じた。

粂吉は上がり框に腰を下ろすと、

「ちょいと調べていることがあるんだ。この前ひどい野分があっただろう。あの晩のことだ」

と、まっすぐ見てくる。

「何でございましょう」

「あの晩に流れる舟を見なかっただろうか？　晩かもしれねえし夜明け前だったか

もしれねえが……」

徳兵衛はつとめて冷静を装い、猪吉と新太をちらりと見た。二人ともこわばった顔つきだった。

「舟でございますか？」

「ああ、古くて粗末な舟だ。石川島の沖で沈みそうになっていたんだ。その持ち主を捜しているんだが、舟をなくしたという届けはないかね。ひょっとすると盗まれたという届けかもしれねえが……」

条吉は探るような目を向けてきた。それから新太と猪吉にも顔を向けた。

「いえ、そんな届けは受けていませんね」

徳兵衛が答えると、さっと条吉が顔を向けてきた。

「流される舟も見ていない。そうなんだな」

「へえ、そんな舟があったとしても気づいてはいません」

「おまえさんらはどうだ？」

条吉は新太と猪吉に顔を向けた。二人とも見ていないと答えた。

「……そうか、見ていないか。それじゃ、もしそんな届けがあったら御番所に知らせてくれるか。内与力の沢村様あてにお願いする」

「承知しました」

「それじゃ頼んだぜ」

条吉は両膝を両手でたたいて立ちあがり、もう一度新太と猪吉を見て表に出ていった。

「あの舟のことだ」

しばらくして新太がつぶやいた。徳兵衛も同じことを考えていた。

「だけど金箱のことは聞かれなかった」

猪吉だった。

「シッ」

と、徳兵衛は口の前に指を立てて猪吉をにらむように見て注意した。

「そのことは滅多に口にするんじゃない。どこで誰が聞いているかわからないんだ」

猪吉はうなだれて唇を引き結んだ。

そのとき、また新たな人が戸口に立った。

徳兵衛は戸口に顔を向けたとたん、心(しん)の臓(ぞう)が縮みそうになった。

二

「邪魔をしていいかね」

そう聞きながらも敷居をまたいで三和土に立ったのは、米倉清三郎だった。表には昨日と同じようにいかつい体をした大男がいる。

「は、はい、どうぞ」

徳兵衛はその必要もないのに居住まいを正した。

「やっぱりこのあたりに探している舟が流れてきたらしいのだ。おまえさんら、ほんとうに見ていないか……」

清三郎は徳兵衛から視線を外すと、猪吉と新太を順繰りに時間をかけて見た。

「見ていません」

猪吉が無表情に答える。清三郎は新太を見て「おまえは？」と聞く。

「……見てませんが、いったいどんな舟でしょう」

徳兵衛は新太がどう答えるか心配だったが、ほっと胸を撫で下ろした。

「じつは、大事な舟だったんだよ」

清三郎は居間の上がり口に腰を下ろし、腰の煙草入れを出してゆっくりと煙管に刻みを詰めた。徳兵衛は長居をする気だろうかと、気が気でない。

「空舟じゃなかった。舟には人が乗っていた」

清三郎はふうーっと、紫煙を吐いた。表から吹き込む風がその紫煙を乱した。

「あんな嵐の日に舟を……命を捨てるようなものではありませんか……」

「そうさ」

清三郎がじろりと見てくる。徳兵衛は背筋に冷たいものを感じた。

「そんなに大事な舟でしたら、届けを出しておきましょうか……」

「その手間はいらねえさ。たしかに流されたかどうか、はっきりしているわけじゃねえからな」

清三郎は口調を変えて、さっきとは違うことを口にした。人の乗った舟が流されたと言ったくせに……。

「ま、いい。ただ、隠し事をしていねえだろうな」

清三郎の据わった目を見た徳兵衛は、背中がゾクリとした。

「隠し事なんて……何もございませんよ」

徳兵衛が言葉を切り生唾を呑み込んで応じると、清三郎は煙管を掌(てのひら)に打ちつけ、雁首(がんくび)の灰を足許に落とし、そのまま立ちあがった。

「邪魔をした」

清三郎と連れの大男はそのまま立ち去ったが、徳兵衛も猪吉も新太も、しばらく息を呑んだ顔をして黙っていた。

「親方、あの人、あっしらのことを疑っていますよ」

猪吉が最初に沈黙を破った。

「なんだか気味が悪いな」

新太がふるえ声を漏らして、表をのぞき見た。

「行っちまったかい？」

徳兵衛が聞くと、新太が振り返って、もう姿が見えなくなったと答えた。

「とにかくあとで相談しよう」

それからしばらくして夜番の者が来たので、徳兵衛たちは引き継ぎをして自身番を出た。

行ったのは隣町の深川大島町にある居酒屋の入れ込みだった。ここは浜の漁師や職人が多く来る雑多な店だ。

入れ込みの隅に座ると、早速酒と適当な肴を注文して顔をつきあわせた。

「あの米倉清三郎という人のことが気になるが、おまえさんらはどう思うね？」

徳兵衛は猪吉と新太を眺める。

「あの人は流された舟のことを知ってるんですよ。その舟に何が積んであったかも……。そうでなきゃ、あんなにしつこく訪ねては来ないでしょう」

新太だった。

「届けは出さないと言ったでしょう。きっとやましいからですよ」

猪吉だ。極力声を抑えている。

「すると、あの金箱もやましいと……」

徳兵衛も低声（こごえ）で言う。

「そんな気がします。一手橋に引っかかっていた男は、あの米倉って人の仲間だったんでは……」

猪吉はまばたきもせずに徳兵衛を見る。

「わたしもそんな気がする。だけど、わたしらがそのことを知っているということまでは知らない。そうだね」

「だと思いますけど、何でうちの番屋に来るんですか……」

新太だった。それは徳兵衛も気になることだった。

「とにかく親方、あの箱の金を分けましょうよ。あれがあるから落ち着かないんです。いつまで番屋に置いておくんです。さっさと分けて、あの金箱を始末しちまえばいいじゃないですか。あとは知らんぷりして、いつものようにしてりゃいいでしょう。この三人だけしか知らないことなんですから」

「猪吉、おまえさんもずいぶん悪賢いことを……」

「そりゃあ親方だって同じでしょう」

言葉を返された徳兵衛は、手酌で酒を嘗めるように飲んだ。

「おいらも猪吉さんの言うとおりだと思います」

新太がまじまじと見てくる。

徳兵衛には気がかりなことがある。この二人は金を手にしたら、自身番に来なくなり、羽振りのよさを自慢するに違いない。口ではそんなことはしないと言っても、先のことはどうなるかわからない。そのことを、もし、米倉清三郎が知ったらどうなるだろうか。

徳兵衛はそんな思いを、ぼそぼそと口にした。猪吉と新太は神妙な顔で耳を傾けていたが、

「なんであの人のことを怖がるんです？」

と、猪吉が不平そうな顔をした。

「わたしは気味が悪いんだ。あの人は堅気じゃないよ。舟を探していると言っているが、ほんとうはあの金箱を探しているんだ。きっとそうに違いない。もし、急に羽振りのよくなったおまえさんたちのことを、あの人が知ったらどうなる……」

「あっしはこれまでと変わらずにおとなしく勤めますよ」

「おいらもそうします」

新太も猪吉に同調する。

徳兵衛は迷った。金を分けなければ、この二人は言うことを聞かないような気がしてきた。だが、この二人が大金を手にしたときどう変わるか、それが心配でなら

ない。

「米倉清三郎という人は他の番屋にも、同じようなことを聞いてまわっているんでしょうか……」

新太だった。

徳兵衛もそれが気になっているのだった。

「明日、そのことを調べてみよう」

「金は？」

猪吉がまっすぐ見てくる。

「明日、他の番屋をあの人が訪ねているかどうかを聞いてから決めよう。たった一日延ばすだけだ。そうしようじゃないか」

猪吉と新太は顔を見合わせた。

「親方がそう言うのなら……」

新太が先に折れてくれた。猪吉も仕方なさそうに、わかりましたと言った。

「さ、飲んだら帰ろうじゃないか」

徳兵衛は猪口(ちょこ)をほした。

三

「今日もご苦労様でした」

帳場から下りた幸助は、土間奥から出てきた但馬屋の主に挨拶をすると、そのまま潜り戸から表に出た。

すでに夜の帳は下りていて、通町に列なるどの商家も大戸を閉めていた。時刻はすでに六つ半（午後七時）を過ぎているだろう。昼間は引きも切らず人の行き交う通りだが、いまは閑散としていた。

商家の屋根越しに見える空にきらめく星たちがまたたいていた。幸助は南伝馬町二丁目まで来て立ち止まった。小間物問屋・高田屋の前である。他の店と同じように表戸はきっちり閉められている。

（お菊さん……）

恨めしそうに閉まった戸を凝視し、胸のうちでつぶやき、肩を落としてつぎの路地を曲がった。

細くて暗い通りのところどころに、軒行灯の灯りがある。居酒屋や小料理屋のものだ。店の前を通るたびに楽しげな笑い声や、酔客の声が漏れ聞こえてくる。

楓川沿いの道に出、なにげなく江戸橋方面に目をやったとき、幸助は顔をこわばらせ、とっさに商家の軒下の暗がりに身を寄せ、手にしていた提灯の火を消した。

お菊の姿が見えたからだった。提げている提灯の灯りに顔が浮かぶ前に、幸助にはそうだとわかった。遠目でもお菊のことは見分けられる。

お菊はひとりではなかった。ひとりの侍と並んで歩いていた。侍は内村政之進だ。御作事下奉行・内村主膳の跡取りだった。

息を殺して暗がりに立っていると、その二人が目の前を通り過ぎた。

「つぎはいつ会える？　もう少しゆっくり話をしたいのだが……」

政之進がそんなことを口にした。

「つぎは、そうですね」

「明後日でどうだろうか？　非番なのだ。昼過ぎに迎えにまいるので、その足で両国あたりを冷やかして歩くのも悪くない」

「おっかさんに聞いてみます」

会話が聞こえたのはそこまでだった。二人はそのまま高田屋のほうに歩き去った。

幸助は暗がりから出ると、二人の後ろ姿を恨めしそうに見送った。

拳をにぎり締め、口を引き結んで佇んでいたが、あとを尾けるように歩きはじめた。政之進は高田屋の裏木戸前までお菊を送り届けると、未練がましそうに二度ほど振り返って先の路地を曲がって見えなくなった。

幸助は足を進めた。お菊が消えた裏木戸の前まで来て立ち止まり、大きなため息をついた。そのとき、木戸の内側で小さな物音がして、幸助はハッとなった。木戸の向こうに人の気配があるのだ。

「お菊さん……そこにいるのかい」

恐る恐る声をかけると、少しの間を置いて戸が開いた。お菊の顔がそこにあった。

「幸助さん」

お菊は低声で言うとそのまま路地に出てきた。

「いましがたまで内村様といっしょにいたんだ」

幸助は少し咎め口調で言った。お菊の黒い瞳が薄闇のなかで光っていた。

「夕餉に誘われただけです」

「話は進んでいるんだね」

お菊はうつむいた。

「もうわたしのことは忘れたんだね。わたしもお菊さんのことは忘れたほうがいい。それが二人のためなんだね？」

「……幸助さん、そんなこと言わないでください。わたしだって苦しいし、悩んでいるんです」

「何を悩むんだ。おまえさんはお武家の嫁に行って幸せになるだけではないか。そうと決まっているんだったら、悩むことなんかないだろう」

「そんなこと言わないで。幸助さんが番頭になるまで待つと言ったのはわたしですよ。だからわたしはずっと待っていた」

「だけど、内村政之進というお武家に懸想(けそう)され、なびいてしまった。そりゃ相手は旗本だし、町人がお武家に嫁げば大出世だ。奥様と呼ばれる人になるんだからね」

幸助はそう言う自分のことが嫌になった。どうしてこんな意地の悪いことを言うのだろうかと、内心で思いつつも言わずにはおれなかった。

「おまえさんの親もさぞや喜んでいることだろう」

「幸助さん……悲しくなること言わないで。わたしは悩んでいるんです。正直なところ、うちの親も身分が違いすぎるので迷っているんです」

「それにしても……」

幸助は夜空をあおぎ見て、大きなため息を漏らした。

「こんなことになるとは思いもしなかった。ほんとうに……」

視線を戻すと、お菊の目から涙がこぼれた。

「明後日、また会うんだろう。せいぜい楽しくやるがいい。ちょいと見かけたから来ただけなんだ。それじゃ……」

嫌みなことを言う自分を卑下しながらも、幸助は背を向けた。

「待って」

すぐにお菊が呼び止めた。幸助は振り払ってそのまま立ち去ろうとしたが、どうしても未練に勝てず振り返った。

「よく話をするつもりなんです。わたしは……」

「わたしは何だね？」

お菊はかぶりを振って口を引き結んだ。その様子を短く眺めただけで幸助は再び歩きはじめ、角を曲がると先を急ぐように足を速めた。

尾けるんじゃなかった、嫌みなんか言うんではなかったと、後悔しながらも、自分を裏切ったお菊のことが憎らしかった。

「くそッ」

楓川の畔(ほとり)に立って毒づいた。その水面に暗い自分の顔が、空に浮かぶ星といっしょに映っていた。

四

幸助が店にやって来たのは、贔屓(ひいき)の大工三人がご機嫌になって帰ったあとだった。板場で片づけをしていた千草に、まだいいですかと聞くから、

「いいわよ」

と答えて、燗をつけてやった。

幸助は落ち込んだ暗い顔をして、一合の酒を一気に飲みほすと、大きなため息をついてから、酒のお替わりを注文した。

千草は黙って出してやったが、隣に腰掛けて酌をしてやると、

「何かあったのね」

と、声をかけた。

「ありすぎです」

幸助は泣きそうな顔で自嘲の笑みを浮かべて、酒を口に運んだ。

「この前も何だか変だったけど、人に言えないこと……」

そう言うと、幸助がじっと見つめるように顔を向けてきた。

「苦しいことや辛いことがあるなら、さらけ出すことよ。それですっきりすることもあるわよ。わたしでよければ聞いてあげます。もちろん他言はいたしません」

「……………」

「どうしたの。男でしょ。男ならめそめそしないの。お酒で憂さを晴らせることもあるでしょうけど、幸助さんはそう見えないわ」

幸助はまばたきもせずに千草を眺めると、一度強く口を引き結んだあとで、

「いっしょになるはずの女がいたんです」

「……………」

「でも、約束は破られました」

「なぜ……？」

幸助は躊躇っていたが、

「聞いてもらえますか。聞いていただければ気が晴れるかもしれない」

と、開き直ったようなことを口にして話しはじめた。

「わたしは但馬屋に奉公にあがり、これまで真面目にはたらいてきました。小僧から手代になる前の二十二のときでした。町内の小間物問屋の娘さんとふとしたことで仲良くなったんです。お菊と言うんですけど、歳はわたしより九つ下です」

「すると、幸助さんが二十二で、そのお菊さんはまだ十三歳だった」

「可愛らしいお嬢さんでした。店が近いのでしばしば会います。会えば気さくに声をかけ合う程度でした。そして、お菊さんが十五になったとき、わたしはやっと手代になりました。お菊さんも大人になりかけで、恥じらう年頃になり、その頃からわたしはお菊さんのことをひとりの女として見るようになったんです。すると、お菊さんもわたしをただの年上のお兄さんではなく、男として見るようになりました」

そこまで聞けば、千草にもその先のことに察しをつけられるが、黙って耳を傾けた。

「縁日に一度出かけたんです。その帰り道でお菊さんに、わたしが番頭になったらお嫁さんにしてもらいたいと言われました。突然のことに驚きましたが、わたしも気があったので、それじゃ一所懸命（いっしょけんめい）勤めて早く番頭になると約束しました。以来、暇を見ては二人だけで会うようになり、思いをひとつにしてきました。そして、わたしはようやく番頭になれたんですが……」

幸助は悔しそうに口を引き結び、拳を固めて自分の膝を打った。

「鳶（とんび）に油揚げを攫（さら）われたようなものです」

「お菊さんを口説いた人がいるってこと……」

「相手が悪いんです」

「どういうこと？」

「お菊さんを嫁にしたがっているのは、偉いお武家の跡継ぎです。旗本です。お菊さんにしてみれば玉（たま）の輿（こし）ではありませんか……」

幸助は手酌をして酒をあおった。

「わたしが番頭になるまで嫁には行かない、縁談があっても断ると言っていたくせに、蓋を開けてみたらこの始末です。わたしはとんだ道化者(どうけもの)ではありませんか」

へへっと、幸助は自嘲の笑みを浮かべる。

「お菊さんはそのお旗本の申し出を受けてらっしゃるの？」

「断る筋合いはないでしょう。さっきもたまたま二人を見かけ、お菊さんと話をしましたが……」

千草はさっと幸助を見た。

「どんな話をしたの？」

「どんなって嫌みを言うしかないではありませんか。わたしは捨てられた男ですよ」

幸助はまた酒を飲んだ。

「嫌みを言ってお菊さんは黙っていたの？」

「いえ……」

幸助は少し遠くを見るような目になって、高田屋の裏木戸でお菊とやり取りしたことを話した。

「お菊さんは悩んでいるとおっしゃったのね。親御さんも身分違いだから迷っていると……」

「そんなことを言いました」

「相手のお武家は、お菊さんを見初めて嫁にもらいたがっている。だけど、お菊さんは悩んでいる。そうなのね」

「口ではなんとでも言えます」

幸助は自棄になっていた。

「相手の方はどういう人なのかしら？　旗本だとおっしゃるけど……」

「内村政之進という人です。親は御作事下奉行だと聞いています。偉い殿様ではありませんか。相手がそんな高貴な人なら、わたしなど天秤にもかけられないでしょう」

幸助はそう言ってから千草に、もう一本つけてくれと所望した。

「女の勘ですけど、お菊さんは幸助さんに未練があると思うわ。相手が相手だから、きっぱり断ることができずに苦しんでいらっしゃるのかもしれない」

「まさか」

「もし、そうだったらどうします？」

「そりゃあ……」

「ここであきらめないで、もう一度お菊さんとよくお話をしてみたらどうかしら。お菊さんの本当の気持ちを聞くのは大切なことよ」

「でも、いまさら……」

「いいえ、あなたはお菊さんといっしょになるために、一所懸命はたらいて番頭になったのよ。お菊さんもずっと待っていらしたんでしょう」

「ま、それは……」

「もう一度よく話すべきよ。そうしなさい」

千草はいつになく真剣な目で幸助を見つめた。

五

「旦那、何を考えてんです？　さっきからずっとぼんやりして……」

伝次郎は与茂七の声で、本所のほうに向けていた視線を足許に戻し、転がっている小石をつかんで川に投げた。

　二人は浅草黒船町の川岸にいるのだった。

目の前の大川を猪牙舟やひらた舟が上り下りしていた。

「お奉行のことだ」

「お奉行がどうかしましたか？」

「うむ、お奉行は明石町で見つかった死体と、山城屋に入った賊がつながっているかもしれぬとおっしゃった。むろん勘だがと、断りを入れられたが、その勘があたっているような気がする」

「どういうことです？」

　同じように雁木に座っている与茂七が顔を向けてくる。あかるい秋の日差しを受けたその顔は、いつしか精悍になっている。日に焼けて黒くなっているせいかもしれない。

「山城屋に賊が入ったのは、野分の晩だった。そして、翌る朝、大川のずっと下で死体が見つかった。その死体は、石川島の近くで沈みかけていた舟に乗っていた。そう考えると辻褄が合う気がするのだ」

「おれにはこじつけにしか聞こえませんが……」

「もし、あの死体が山城屋に入った賊なら大金を手にしていたはずだ。五百両ほどの金だ。それだけの大金をものにしたなら、荒れ狂っている川を舟で下ったとしても不思議はない。命がけだっただろうが、なにせ五百両だ」

「命がけだとしても川は闇に包まれているし、風は強いし、波が高かったはずです。無茶しすぎでしょう。おれだったら、そんな危ないことはしないですよ」

「賊がひとりだったら、そうだろう。だが、仲間がいたらどうだ」

「仲間……でも、見つかった死体はひとつです」

「そこだ。あの死体は、金を独り占めするために仲間を裏切った。捕まれば殺されるかもしれない。だが、荒れ狂う川のなかに舟を出してうまくわたりきれば、大金はそっくり自分のものになる。しかしながら暴れる川にはかなわなかった」

「金はどうなったんです？」

「川に沈んでいるかもしれぬ。そう考えるべきだろう」

「それじゃ金箱を探すんですか……」

そんなのはいやだという顔つきだ。

「探したくても、探しきれるものではない。沈んでいる場所に見当がつけば、別であろうが……」

伝次郎はそう言うと立ちあがって尻を払った。

「そろそろ粂吉と落ち合う頃合いだ」

与茂七も立ちあがって、伝次郎のあとを追った。

粂吉とは浅草橋にもっとも近い茶屋で、九つ（正午）に会うことになっていた。

「粂さんは、何か手掛かりをつかんでいますかねえ」

「会って聞くしかない」

そういう伝次郎の調べはとんと進んでいなかった。

山城屋を襲った賊の手掛かりは、再度の聞き調べでもまったくなかったのだ。筒井奉行が調べを保留したのは納得できた。

さりながら、奉行から指図を受けた以上、ここで投げ出すわけにはいかない。

粂吉はすでに茶屋の床几に座って茶を飲んでいた。伝次郎に気づくと、さっと立ちあがり、

「ご苦労様です。いかがです？」

と、声をかけてきた。

「うむ。いま話す」

伝次郎は同じ床几に腰を下ろして、小女に茶を注文してから山城屋での聞き調べを詳しく話した。

「すると、何の手掛かりもないと……」

話を聞いた粂吉は小さく嘆息した。

「それで、おまえのほうは？」

「舟を盗まれたとか流されたという届けはどこにもありません」

「すると、あの死体が舟の持ち主だったのかもしれぬということであろうか……」

「いえ、そうではないかもしれません」

伝次郎は小女が運んできた茶を受け取ってから、粂吉を見た。

「どういうことだ？」

「舟を探している二人組の男がいるんです。それも江戸が野分に襲われた翌る朝に、流された舟を見なかったかと聞きまわっているんです。いくつかの番屋で同じことを聞いたんです」

「その者たちは届けを……」

条吉は首を横に振って、届けは出していないと言った。

「おかしいな」

伝次郎は湯呑みを宙に浮かしたまま、一方に目を注いだ。

「あっしもそのことが引っかかってんです」

「その者たちの素性は？」

「よくわかりませんが、ひとりは米倉清三郎と名乗っています。身なりはよいらしいんですが、誰もが口を揃えて堅気には見えないと言います。もうひとりの連れは目つきのよくない大男で、米倉の用心棒みたいだと言います」

「やくざか？」

「そう見えなくもないと……」

「なんで、その二人は舟を探してんです？」

与茂七だった。

「それはわからねえ。とにかくあの嵐のあった晩に流された舟を探しているのはたしかだ。旦那、やっぱ妙な話ですよね」

粂吉は与茂七に答えてから伝次郎に顔を向けた。

「ひとりは米倉清三郎と名乗っているのだな」

「そう聞いています」

「その話を聞いた番屋に案内しろ」

伝次郎は湯呑みを床几に置くなり、すっくと立ちあがった。

六

米倉清三郎は手下の孫蔵と留次を前にして茶を飲んでいた。

中之郷竹町にある清三郎の妾・お吉の家だった。お吉には用を言いつけて外出をさせているので、清三郎は遠慮なく話をすることができた。

「どこの番屋も舟なんか見てねえと言う。金は長五郎といっしょに大川に沈んだかもしれねえ」

「どこに沈んでいるかわかりゃ、引きあげられます」

鼠顔の留次が言う。

「それがわかりゃ世話ない。だが、わからねえんだ。それにしても、長五郎が鉄砲洲まで流されていたとは……」

清三郎は茶を飲んで渋い顔をし、

「おれたちを裏切った罰だ」

そう吐き捨てて、ふんと鼻を鳴らした。

その日、留次が明石町の自身番に死体があげられたという話を聞いてきた。死体が見つかったのは、野分の去った翌朝のことで、死体の人相や年恰好を聞いたとき、留次は長五郎だと気づいたらしい。

「お頭、どうします？　もう探しても無駄でしょう」

留次があきらめ顔で言う。孫蔵はもともと無口だから黙っているが、そのときふいと顔をあげて清三郎を見た。

「お頭、おりゃあ妙だと思うんだ。どうにも気になってることがある」

「なんだ？」

清三郎は孫蔵を見た。

「あの深川中島町の番屋のやつらですよ。あいつらおれたちが舟のことを聞きに行ったとき、妙に落ち着きがなかった。何だか口裏合わせてるような気がしたんです」

それは清三郎も感じたことだ。だから二度もあの自身番を訪ねた。

しかし、連中は舟なんか見ていないと言い張った。嘘を言っているのではないかと思いもしたが、清三郎は小心者は決まって自分に畏怖(いふ)を抱くことを知っている。だから、あの三人もそうだったのだと思っていた。

「他の番屋の連中とは違う受け答えをした気がするんです」

清三郎は孫蔵にそう言われれば、たしかにそんな気がすると思った。

「留次、あの晩のことだ。おめえは金を横取りした長五郎の乗った舟を追いかけた。そして、両国橋をくぐり抜けたところまで見ている。たしかにそうなんだろうな」

清三郎は留次をじっと見た。

「あっしの目に狂いなんざありませんよ。長五郎の野郎は、舟提灯(ふなぢょうちん)をつけていたんです。あの灯りが両国橋をくぐり抜けるまで見てんです。その先のことはわかりませんが……」

留次の声は、最後は尻すぼみになった。

「長五郎は両国橋をくぐり抜け、竪川か小名木川に入って逃げたかもしれねえ。だが、そうじゃなかった。やつは大川の下まで逃げて溺れ死んだ」

「舟は石川島のそばで見つかってます。ひょっとすると舟が見つかったあたりに、金箱が沈んでいるかもしれません」

「どうやって探す？　たしかな場所がわかりゃいいが、舟はひっくり返って流されたんだ。そう考えるのがまっとうだ」

「それじゃ舟はもっと川の上のほうでひっくり返ったんじゃ……」

留次は埒のないことを言う。清三郎はあきれたように首を振って、

「ここで話し合ったところで、あの金箱は見つからねえ。なあ、そうだろう」

と、不機嫌な顔で留次と孫蔵を眺め、

「おれも、とんだしくじりをしちまった」

そう言って煙管で灰吹きをたたいた。ぽこっと音がした。

「お頭、中島町の番屋のやつらが何か知ってるような気がするんです。そりゃどうするんで……」

孫蔵がまた同じことを口にした。

「おめえの勘か……」

「お頭は気づかなかったかもしれねえが、おりゃああの番人と店番の目が気になってしかたねえんです。何か示し合わせて隠し事をしているような目だったんです」

「なんでそのときに言わなかった？」

「だんだん気になってきたんです。そんなことがあるじゃねえですか」

清三郎は壁に張りついている蠅（はえ）を見据えた。孫蔵がこうもしつこく言うのはめずらしい。それに、孫蔵が怪しむように、清三郎もあの自身番の者たちへの不審を募らせた。

「よし、あの番屋にもう一度行ってみるか」

清三郎はキラッと目の奥を光らせた。


その日、深川中島町の自身番に詰めている徳兵衛と猪吉と新太は、訪ねてくる町人や行商人らに気づかれないように、細心の注意を払って隠していた金箱を床下からあげると、傍目（はため）にわからないように三枚の大風呂敷を使って包み、居間の隅に置いた。

仕事が終わったら独り住まいの新太の長屋に運び込んで金を分ける予定だ。しかし、徳兵衛は躊躇って（ためらって）いた。何より猪吉と新太が、その日一日そわそわと落ち着かず、顔の締まりをなくしているからだった。

大金を手にできるという大きな期待があるからだ。むろん、徳兵衛にも気持ちの昂（たか）ぶりはあった。しかし、年長者である自分がここでしっかりしなければならないと、書役である徳兵衛は自分を戒めていた。

それでも、居間に置かれた金箱にどうしても目が行ってしまう。早く日が暮れないかと思いもする。

「親方、夜番にはあの包みのことをなんと言うんです？」

ぶらっと町内を見廻ってきた猪吉が、戻ってきて早々にそう言った。

「大家からの預かり物だと言うよ。別に疑（うたぐ）りはしないだろう。金三さんはのんびり屋だから」

「それでいいですかね。ちょいと気になったもんで……」

猪吉は嬉しそうに笑う。

「猪吉さん、心配いりませんよ。あとは親方にまかせておけばいいじゃないですか」

気楽なことを言う新太はうきうき顔だ。

そんな二人を見ると、徳兵衛はまた不安になった。やはり、この二人は金を手にしたら人が変わると思った。おそらくそうなる。

それはよくないことで慎まなければならぬことだ。自身番勤めを辞めてもかまわないが、それはすぐではまずい。一月後か二月後で、もっともらしい理由をつけ、できればこの町から離れたところに越してもらう。

それは徳兵衛自身にも言えることだった。だから、今夜はそのことを猪吉と新太に話し、じっくり諭そうと考えていた。

いつしか日が暮れかかり、表を行き交う人の数が増えてきた。人の影も長くなり、夜番と交替の六つ（午後六時）が近づいてきた。

金三がやって来たのはそれから間もなくしてからだった。店番の定吉と番人の文助も遅れてやって来た。

徳兵衛はとくに取り次ぐことはないと引き継ぎをしてから、

「それじゃ運ぼうか」

と、猪吉と新太を見た。

「そりゃ何です？」

のっぺり顔の金三が聞いた。

「昼間大家から預かったんだよ。重いからあとで届けてくれと言われてね。漬物石でも入っているらしくて目方があるんだ」

徳兵衛は考えていたことを口にして、猪吉と新太に運ぶように指図した。力のある猪吉が抱えるように金箱を持つと、一方を新太が持った。

そのまま二人は金箱を持って夕靄の漂う表に出た。

「用心しなさいよ」

徳兵衛は二人のそばについて声をかける。

「さほど重くはありませんから」

新太が嬉しそうに答えた。

七

「徳兵衛の長屋の大家というのはどこにいるんだね？」

清三郎は深川中島町の自身番を訪ねたが、徳兵衛という書役はついさっき交替して帰ったと、夜番の書役が言った。

「そこの堀川沿いに北へ行きますと、福島橋（ふくしま）があります。その手前にある作兵衛店（さくべえ）にお住まいですが、お急ぎでしょうか？」

金三というのっぺり顔の書役は、急ぎでなかったら言付けておくと言う。

「急ぎの用があるんだ。徳兵衛と大家は同じ長屋に住んでいるのかい？」

「いいえ、徳兵衛さんは大島町（おおしまちょう）にお住まいです」

清三郎は作兵衛の家を詳しく教えてもらった。

「徳兵衛さんは重そうな荷物を預かったから届けに行っているはずです」

自身番を出ようとしていた清三郎はすぐに振り返った。

「重そうな荷物……そりゃどんなもんだった？」

「風呂敷で包んでありましたよ。漬物石でも入っているんじゃないかと徳兵衛さんは言って、他の番人らと運んでいきました」

(風呂敷で包んであった)

清三郎は首をかしげたくなったが、大家の作兵衛宅に行くために表に出た。

「どうしました?」

表で待っていた留次がそばにやって来た。

「書役の徳兵衛は、他の番人らと預かっていた重そうな荷物を大家の家に届けに行ったらしい」

「まさか金箱では……」

留次が目をみはれば、孫蔵は片眉を動かした。

「わからねえ。預かった荷物は風呂敷で包んであったそうだ」

「風呂敷で……」

鸚鵡返しにつぶやく留次は孫蔵と顔を見合わせた。

「とにかく作兵衛という大家の家へ行くしかねえ」

清三郎は足を進めた。すでにあたりには宵闇が立ち込めていた。提灯を提げて歩く者もいれば、居酒屋や小料理屋の軒行灯の灯りが、ぼうっと闇のなかに浮かんでいた。

「そういうことだ。もうしばらく金箱は開けないようにしたい」

徳兵衛は切々と猪吉と新太を諭していた。

二人とも不服を如実に顔にあらわしていた。そこは独り暮らしをしている新太の長屋で、風呂敷に包んだ金箱はすぐそばに置いてあった。

「親方のおっしゃることはわかりますが、そこまで用心することはないでしょう。だって〝あのこと〟は誰も知らないんですよ」

猪吉だった。

「そりゃあよくわかっている。だけど、よく考えてごらん。町方の手先仕事をしている粂吉という人が来たのを忘れたかい」

徳兵衛は猪吉と新太を眺める。

「あの人は舟を探しに来た。そうだったね。つまり、新太が見つけた舟を探しているんだよ。その舟にこの金箱が積んであったのも知っているだろうし、流されていった男のことも知っているはずだ」

「そんなことは言わなかったですよ」

新太だった。

徳兵衛は首を振った。

「町方の旦那もそうだけど、手先の小者や中間も知っていても口にしないことはよくある。下手なことをうっかり喋ったおかげで、調べの妨げになることがあるからだよ。わたしは思うんだ。あの舟もあの男も、何か後ろ暗いことをしたんだと。ひょっとすると泥棒だったのかもしれない。この金箱が盗まれたものだったら、どこかで必ずぼろが出る。そうなったら、わたしらはどうなると思う。無事にはすまないよ。悪くすれば死罪になるかもしれない」

猪吉と新太は顔をこわばらせた。

「いまならまだ間に合う。しばらく様子を見るのは大事なことだ。もし、どこかの店が襲われて金が盗まれていれば、この金箱かもしれない」

「もしや……」

新太がすうっと顔をあげてつぶやいた。

「盗まれた金だったなら、もしやあの米倉清三郎という人は盗人（ぬすっと）なのかも……だから届けは出さなかった」

徳兵衛も薄々とだが、そのことを考えていた。

「それじゃ、いつまでこの金箱を隠しておくんです？」

猪吉だった。

「盗まれたものかどうかはっきりするまでだ。盗品ならいずれ町方の旦那が聞き込みに来る」

「聞き込みに来られたらどうするんです？」

「話を聞く。その話次第では差し出すことになるかもしれない」

猪吉と新太は「えっ」と、同時に驚いたような顔をした。

「それじゃ、金はあっしらの手許には残らないってことですか」

「猪吉、さっきも言ったではないか。欲をかけば、思いもよらぬ罰が下るかもしれないと。金箱を引きあげなかったら、そして何も入っていなかったら、ありのままのことを御番所にお知らせするだけだった。そうしなかったのは大金を見たからだ。もともとわたしたちには縁のない金だ。ここは欲をかかずに堪（た）えることだ」

「でも、この金箱はどうします？　また番屋に戻すんですか？」

猪吉だった。

「この長屋の裏に墓地がある。そこに埋めておこう」

新太の長屋の裏には浄土真宗（じょうどしんしゅう）の因速寺（いんそくじ）があり墓地があった。

話が決まると、三人はまた金箱を長屋から運び出し、因速寺の墓地に向かった。

提灯をつけると寺の坊主に怪しまれるので、月あかりが頼りだった。闇に慣れた目で墓地に入り、どこに埋めるかを短く相談した。

「あの椿（つばき）の下はどうです。木が目印になるし、あのあたりの地面はやわらかくて掘りやすいはずです」

近くを探っていた猪吉が戻ってきて提案した。

「では、そうしよう」

徳兵衛が同意して箱を持ちあげようとしたときだった。

「親方」

新太がふるえ声を漏らした。その顔は月影にも青ざめていた。

「ま、まさか……」

徳兵衛は信じられないように目を見開いて絶句した。

第三章　消えた店番

一

約束は五つだった。

場所は京橋水谷町にある〈ひさご亭〉という料理屋だった。白魚河岸に面している小体な店で、お峰というお菊と同い年の女が、その店の娘で便宜を図ってくれたのだ。

幸助は仕事から自宅長屋に戻ると、外出用の小袖に着替えて狭い家のなかをうろうろしていた。落ち着かないのは、やはりお菊に断られると思うからである。

いまさら未練がましく、お菊と縒りを戻そうという自分はうまくあしらわれるような気がしてならない。

もう一度よく話をしたいと申し出たとき、会う時刻と店を指定したのはお菊だった。

時刻はともかく、これまでひさご亭のような一流の料理屋で会ったことはない。いつも、町屋の茶屋かせいぜいが安い料理屋だったのだ。

落ち着きなく家のなかを行ったり来たり、そして座ったり立ったりを繰り返す幸助は、桜川の女将の言った言葉を思い出した。

あの女将は女の勘ですけどと断ってから、

——お菊さんは幸助さんに未練があると思うわ。相手が相手だから、きっぱり断ることができずに苦しんでいらっしゃるのかもしれない。

そう言って、お菊の本当の気持ちを聞くのは大切なことだとも付け足した。

——あなたはお菊さんといっしょになるために、一所懸命はたらいて番頭になったのよ。お菊さんもずっと待っていらしたんでしょう。

そう言いもした。

たしかに、お菊は幸助が番頭になるまで待つと約束してくれていた。だから、十九のいままで縁談を断りつづけていた。幸助もお菊を嫁にするために、真面目に奉公を勤め番頭になったのだ。

心は落ち着かないが、もう約束の刻限が迫ってきた。

表に出るとすっかり闇に包まれていた。提灯を持って河岸道を歩く。人の通りはほとんど絶えているが、軒行灯をつけた店からは人の話し声や笑い声が聞こえてくる。

弾正（だんじょう）橋、白魚（しらうお）橋とわたり三十間堀（さんじっけんぼり）の河岸道に出ると、もうすぐ先にひさご亭の灯りが見えた。幸助の胸は、まるで初めての逢引きに行くように高鳴っていた。

「こっちですよ、幸助さん」

店のそばに来ると、店脇の路地から声がかけられた。路地口に立っていたのは、お菊の友達でひさご亭の娘・お峰だった。

「こっちから入ってください。お菊ちゃんはもう待っていますから」

お峰はそう言って、裏木戸から店のなかに案内し、その部屋だと教えてくれた。

お菊が待っていたのは、店の一番奥の静かな客間だった。お菊は緊張の面持ちで待っていた。少し居住まいを正し、目を伏せて軽く挨拶をした。

「お酒は用意してありますけど、足らないようならお持ちします」

お峰が気を利かして言った。折敷に二合徳利が二本あった。

「いえ、結構です」

幸助が答えると、この客間には誰も近づきませんから、ごゆっくりと言ってお峰は下がった。

二人だけになると、幸助はお菊をまっすぐ見た。お菊も見返してきたが、すぐに長い睫毛を伏せた。

「わざわざこんな店に……」

「ゆっくりできるところを思いつかなかったし、うちを出られるのがこの刻限なんです。お疲れのところすみません」

「いや謝らなくてもいいさ……」

「あ、わたしが……」

手酌しようとした幸助を遮って、お菊が酌をしてくれた。

「それで、その話なんだけど……どこまで進んでいるんだね。いまさら、こんなことを聞いてもどうにもならないというのはわかっているけど……」

一口酒を嘗めて言い、そしてまた嘗めるように酒を飲んだ。

「逃げたい……」

幸助は「えっ」と顔をあげて、うつむいているお菊を見た。膝の上に置いた手をもじもじさせている。

「どういうことだい……？」

訊ねると、お菊が顔をあげた。両目に涙の膜が張っていた。

「……いやなんです。わたしは、わたしはずっと待っていたのに……土壇場で内村様があらわれ、おとっつぁんもおっかさんもすっかりその気になっていたけど、いまは身分が違うからどうしたらよいだろうと迷っているんです」

「それは聞いたよ」

幸助は猪口の酒を飲みほして手酌した。まだ、心がざわついていた。言いたいこと聞きたいことが山ほどあるはずだから、落ち着かなければならないが、うまく自分の気持ちを整理できなくなっていた。

「幸助さんは、わたしが内村様の嫁に行っても平気なの？」

「そりゃあ……でも、しかたないだろう。相手は立派な旗本、それも御作事下奉行様の跡継ぎではないか。身分が違いすぎる。町人のわたしにはどうにもならぬ相手ではないか」

「…………」

お菊はうつむいて黙り込んだ。

「高田屋にとっても、願ってもない縁談。おまえさんの親だってよくわかっているはずだ。そもそも、わたしとのことも快く思っていなかったのではないかね。わたしは番頭になりはしたけど、この先も商家勤めの身。自分の店を持って独り立ちできる目処もない」

「うちの店にとっては……そうかもしれません。でも、内村様の家にとってはそうではないのです」

「…………」

幸助は猪口を持ったままお菊を眺めた。

「内村様は立派なお家柄。町人の娘を嫁にするのは得ではないのです。だから、政之進様のご両親は反対をされているのです」

「……それで」

幸助は目をみはったまま言った。お菊はしばらく黙っていた。

よくよく考えれば、政之進の親が反対するのはうなずける。お菊は小間物問屋の娘なのだ。内村家とは家柄も身分も違いすぎる。

旗本なら、もっと相応しい良縁があって然るべきだろう。上役の娘を娶るのが内村家にとっては最善であろう。

しかし、政之進という内村家の跡取りは、身分違いの町人の娘を嫁にしようとしている。親の反対は納得できる。

「政之進様は親に反対されても、わたしを嫁にしたいと、そうおっしゃいます。向後のことは何も心配いらないと……」

お菊は唇を引き結び、頬に涙をつたわせた。

その涙を見たとき、桜川の女将の言葉が脳裏に浮かび、一筋の光明を見たような気がした。お菊はまだ自分に未練があり、此度の縁談を断り切れずに苦しんでいる。

（そうなのか……）

心中でつぶやいた幸助の胸のなかで、何かがはじけた。

「お菊さん、わたしはすっかりあきらめていたけど、おまえさんはまだわたしのことを思ってくれているのかい」

お菊が顔をあげた。

「……ずっと幸助さんが番頭になるのを待っていたのは何のためだったと思うんです。わたしは、幸助さんと添うために……そうではありませんか。それなのに……」

「もし……」

お菊は涙を流しながら小首をかしげた。

「もしだよ」

「何でしょう」

「わたしのことをまだ思ってくれているなら……いっしょに逃げることもできる」

お菊は涙目をみはった。

「逃げたらどうなるんでしょう？」

「……いっしょになれる」

二人は視線をからませて見つめ合った。

二

因速寺で死体が出たという騒ぎは、その日の昼前に起きた。

死体を見つけたのは、墓参りに行った近所の歯っ欠け婆で、それは腰を抜かさんばかりの慌てようだったらしいが、なにせ歯がないので、「ふがふが」「ふぁふふぁふ」と、会話にならなかった。

その老婆は寺の小僧に知らせたのだが、相手が何を言っているのか要領を得るのに小半刻(三十分)ほどかかり、小僧が墓地に行くと、中島町の自身番に詰めている徳兵衛と猪吉だというのがわかった。

小僧の実家が深川中島町にあったから身許が判明したのだった。それで、小僧は深川中島町の自身番に駆け込んだ。

詰めていたのは夜番を務めていた書役の金三と、店番の定吉だった。もうひとりの番人・文助は昼番の徳兵衛らがなかなかやってこないし、家の用事もあるからと業を煮やして帰っていた。

そこで金三と定吉が因速寺の墓地に行き、死体を見てはっきり書役の徳兵衛と番人の猪吉だと断定したのだった。

本来なら因速寺の門前町になっている黒江町代地の自身番で死体を預かるところだが、身許がわかっているので、二つの死体は深川中島町の自身番に運ばれたのだった。

書役の金三は早速、徳兵衛と猪吉の家に知らせを出し、その上で町奉行所に届けをしなければならないと、その段取りをつけていた。

そんなところへ訪ねて行ったのが条吉だった。

条吉は話を聞いて驚いたが、そこは長年町方の手先仕事をしている手前、落ち着いて仔細を訊ね、

「よし、この一件は内与力格の沢村伝次郎様預かりにする。おまえたちは狼狽えることはない」

と、頼もしいことを言って金三と定吉を落ち着かせ、

「おまえたちは無用に騒ぐんじゃねえぜ。いま沢村の旦那を連れてくるから、待っているんだ」

と、言い置いて自身番を出た。

粂吉は伝次郎がどこにいるか知っていたので、そこへ走ったのだ。

伝次郎は与茂七を連れて、南本所石原町の山城屋を訪ね、野分の晩に破られた金蔵のことを調べ直していた。

主の万右衛門は店の奉公人に怪しい者はいないと言っていたが、賊の手掛かりがないので、奉公人だけでなく万右衛門の身内からも詳しい話を聞いていた。

だが、伝次郎の問いに答える者たちに不審な言動はなく、怪しむような話も聞くことができなかった。

伝次郎は長年、町方の同心を務め、また定町廻りとして辣腕（らつわん）をふるっていた男である。相手の表情で嘘を見破ることはできるが、山城屋の奉公人にその兆候は一切なかったのである。

「旦那、どうなんです？」

一人ひとりの訊問（じんもん）が終わったあとで、与茂七がいささか草臥（くたび）れたという顔を向けてきた。

「賊とつながっている者はいない。それしか言えぬ」

「それじゃ、山城屋に出入りしている客とか仲買とか、そんなやつらを調べるので……」

伝次郎がどこか遠くを見ながら考えに耽っているせいか、与茂七は途中で言葉を切った。

「蔵に押し入った賊は、その辺の盗人ではない。それだけは言える」

伝次郎はしばらくしてから答えた。

二人は埋堀河岸に置かれている腰掛けに座っているのだった。目の前は大川の入堀で、十数艘の舟が繋がれている。いずれも荷を運ぶひらた舟だった。そのなかに伝次郎の猪牙舟が一艘あった。

「その辺の盗人ではないというのはどういうことです？」

伝次郎は空に向けていた目を、与茂七に向けた。

「玄人の仕業だ」

「玄人……」

「さよう。これだけ手掛かりを残さず、錠前を破ってまんまと金箱を盗むのは、素人の盗人にできることではない。昨日今日思いついて山城屋に入ったのではなく、十全な下調べの末に金箱を盗み出したのだ。しかも、嵐の晩にだ」

「下調べをしたんなら、山城屋に何度か足を運んでいるはずではありませんか」

「おそらく足は運んでいるだろうが、それは最近ではないはずだ。あるいは賊はひとりも山城屋を訪ねていないかもしれぬ」

「それじゃ、どうやって調べたと言うんです？」

「人を頼むのさ。大工や左官も考えられるが、ひょっとすると通いの医者かもしれぬし、畳屋や障子屋かもしれぬ」

「それじゃ片っ端からあたるしかないですね。そっちを調べますか？」

「調べるのはやぶさかではないが、無駄な動きはしたくない。どこかに見落としがあるはずだ。それがわかれば、手間が省ける」

「見落としねえ……」

与茂七は独り言のように言って、足許の小石を蹴った。小石は入堀に落ちてぽちゃんと小さな音を立てた。

「舟だな」

「えッ……」

与茂七が顔を向けてくる。

「賊は舟をこの河岸に着けた。そして金箱を舟で運んだ。そう考えれば、ひとつの筋道ができる」

「どういうことです?」

与茂七は目をぱちくりさせる。

「忘れたか。石川島沖で見つかった舟があった。もし、あの舟が賊のものだとすれば辻褄が合う。あの舟は野分のあとで見つかった。死体然りだ。そして、粂吉の調べで、番屋を訪ね歩いて舟を探している者がいる」

「だけど、舟の持ち主の届けはどこにもありませんよ」

「届けたら自分たちの身が危うくなるのを知っているからだ。しかし、死体がひとつというのが気にかかる。賊がひとりで山城屋の金蔵を破ったというのは、とても考えられぬ。おそらく二人以上はいたはずだ。少なくとも三人、あるいは四人か……」

「仮に三人だったとしたら、ひとりは死んで二人になったことになりますね」

「見つかった舟と死体が賊であるならばの話ではあるが……」

伝次郎は腰掛けから立ちあがった。

「それにしても、あの晩に舟を使って盗みをはたらくのは、尋常の仕業ではない。それこそ命がけの所業だ」

伝次郎が不可解に思うのはそこである。

命を張ってまで舟で金を運ぶだろうかということだ。

野分で荒れ狂っていたはずの大川に舟を出すのは、命を捨てるようなものである。操船に不慣れな素人ならなおのことだ。

「こうなると、明石町で見つかった死体の身許が大きな手掛かりってことじゃないですか」

「おまえもだんだんわかってきたな」

褒めてやると、与茂七はすぐに相好(そうごう)を崩した。

「明石町に行こう。あの死体の身許がそろそろわかっているかもしれぬ」

伝次郎がそう言って、雁木にくくりつけていた猪牙舟の舫(もや)いをほどこうとしたときだった。

「旦那、旦那！」

と、入堀の向こう岸から声をかけてくる者がいた。条吉だった。

三

条吉の知らせを受けた伝次郎は、早速、深川中島町の自身番に行き、筵掛けにされている二つの死体を検分したあとで、書役の金三と店番の定吉、家から駆けつけた文助から詳しい話を聞いた。

「すると、徳兵衛らは風呂敷で包んだ箱を持って大家の家に行ったのだな」

「そう言っていました」

答えるのは金三だった。どこかのんびりしたのっぺり顔をしているが、さすがに表情はかたかった。

「そのとき新太もいっしょだったはずだが、新太はどうした？」

伝次郎は自身番に視線をめぐらした。

「いないんです。同じ長屋の者に聞くと、親方と猪さんといっしょに家に入ったのを見ています」

　答えたのは定吉だった。

「新太はどこにいる？」

「呼びに行ったんですが、長屋にはいませんでした。騒ぎを知っていれば、やってくるはずなんですが、おかしなことです」

　伝次郎は短く思案してから口を開いた。

「徳兵衛ら三人がこの番屋から出たあと、おまえたちは今朝までずっとここにいたのだな」

　伝次郎は金三、定吉、文助の順で顔を眺めた。

「あっしは今朝の引き継ぎのときに、徳兵衛さんたちがこないんで先に家に帰りました。倅（せがれ）の面倒を見なきゃならなかったもんで……」

　文助が畏（かしこ）まって答えた。

「夜の見廻りには何度か出ていますが、あとはずっとここに詰めていました」

　言ったのは定吉だった。

　伝次郎は左手で顎を撫で短く思案した。

「あ、徳兵衛さんたちがこの番屋を出たあとで、訪ねてきた人がいます。徳兵衛さんたちはどこへ行ったと聞かれたので、大家の家に行ったと教えましたが……」

「そいつは何者だ？」

伝次郎は金三ののっぺり顔を見る。金三は「さあ」と、首をかしげた。伝次郎は文助と定吉を見るが、二人ともわからない、名前を聞かなかったと答えた。

「三人が行ったのは、徳兵衛の大家の家だな」

そうだとうなずく金三に、伝次郎は作兵衛という大家の家を教えてもらった。

自身番を出た伝次郎は、徳兵衛の長屋の大家・作兵衛を訪ねた。家は福島橋のすぐそばにあった。しかし、作兵衛は徳兵衛たちは訪ねてこなかったし、箱など預けてもいないと答えたあとで、米倉清三郎という男が徳兵衛たちのことを聞きに来たと言った。

「米倉清三郎……」

「旦那、舟を探していた男ですよ。野分の翌朝、中島町の番屋を訪ねたという男です」

条吉だった。

伝次郎はそう応じたあとで、米倉に何を話したと作兵衛に聞いた。

「徳兵衛さんの家を教えました。すると、新太と猪吉の家も教えてくれないかと言われたので、そのまま伝えましたが、それがよくなかったんでしょうか……」

作兵衛はそう答えて、心許（こころもと）ない顔をした。

「ご懸念（けねん）あるな。されど、また、何かあったら聞きに来る」

伝次郎は作兵衛の家を出ると、猪吉の長屋を訪ねた。当然、家にはいないが、長屋の連中に話を聞いた。昨日仕事に出かけたまま帰っていないことがわかった。

急ぎ足で新太の長屋に行ったが、腰高障子は閉まったままだった。

伝次郎は粂吉と与茂七に聞き調べをさせ、自分も長屋にいる者たちに新太のことを聞いてまわった。

仕事に出ている亭主連中がいない長屋は静かで、また家にいる女房たちも少なかったが、昨夕のことが大まかにわかった。

それは昨日の夕暮れに、新太が徳兵衛と猪吉の三人で重そうな箱を家に運び入れ、しばらくして、またその箱を持って出て行ったということだった。

そのあとで誰か訪ねて来た男がいたのではないかと聞いたが、そんな男はいなかったというのが答えだった。

「徳兵衛と猪吉、そして新太は、番屋から箱を持ち出したが、それは大家の家ではなく、新太の家だった。つまり、徳兵衛らは夜番の金三らに嘘をついたということになる」

新太の長屋を出たところで、伝次郎は腕を組んだ。

「なんで、嘘をついたんでしょう……？」

与茂七だった。

「人に言えない箱だったということだろう」

答えたのは粂吉だ。

ゆっくり歩きながら、その言葉を伝次郎が引き継いだ。

「三人はその箱を隠さなければならなかった。おそらくそういうことだろうが、その箱の中身だ」

「もしや、山城屋から盗み出された金箱……」

与茂七が目を光らせてつぶやいた。伝次郎も同じことを考えていたが、そのことは口にせずに、徳兵衛と猪吉の死体の見つかった因速寺の墓地に入った。

「どこかに箱がないか探すんだ」

伝次郎は墓地をひと眺めして言った。

さほど広い墓地ではなかった。萎(しお)れた卒塔婆(そとば)だけの墓もあれば、苔(こけ)の生えた墓石もある。その多くは風雨にさらされており、真新しい墓は数基あるのみだった。

隅に小さな竹藪があり、墓地のまわりには低木の南天(なんてん)や藪柑子(やぶこうじ)があり、その他に三本の柊(ひいらぎ)と五本の椿があった。どこかで鳥たちが鳴いているだけで、墓地は静かだ。

伝次郎は三人が箱を埋めたのなら、地面にその形跡があるはずと目を凝らして見ていったが、そんなところはなかった。

藪を探していた与茂七も、見つけることはできなかった。粂吉は墓石の下に隠してあるのではないかと見ていったが、動かされたらしい墓石はひとつもなかった。

「親方と猪吉を殺したのは新太で、新太が箱を持ち去ったということも考えられますね」

ひととおり探したあとで与茂七が言った。

伝次郎はそれには答えず、

「二人が殺されたのはこのあたりだったのだな」

と、墓の入り口付近の地面を眺めた。近くには血痕と思われる黒いしみがいくつかあった。

「新太はどこへ消えたんだ」

条吉が疑問を口にして、伝次郎を見て来た。

「やつの行方を探さなければならぬが、米倉清三郎という男のことも気になる」

伝次郎はそのまま墓地をあとにした。

四

その夜、伝次郎は自宅屋敷で条吉と与茂七を前に酒を飲んでいた。肴は千草が作り置いてくれた里芋と牛蒡(ごぼう)と南瓜(かぼちゃ)の煮物だった。味は申し分ない。

猪口を口に運ぶ条吉と与茂七の真剣な顔が行灯の灯りに染められている。夜風が虫の声といっしょに開け放した縁側から流れてくる。

「新太が持ち逃げしたと思われる箱は、山城屋から盗まれた金箱だった」

伝次郎はつぶやくように言って、そう考えてもおかしくはないはずだと付け足した。

「たしかに山城屋の金箱と、徳兵衛らが持ち出した箱の大きさは同じぐらいですからね」

そう言う粂吉はその日、山城屋でもう一度盗まれた金箱の大きさをたしかめてきていた。

「つまりだ」

伝次郎は言葉を切って、里芋を頬張り、酒を飲んでからつづけた。

「米倉清三郎と名乗った男は、舟を探していたのではなく、金箱を探していたと考えるのが常道であろう。しかし、その金箱を新太が盗み去った」

「旦那、金箱は結構な重さがあったようです。夜番の親方は、新太と猪吉の二人がかりでその箱を運んでいたと言いました。新太ひとりで運ぶのは難しかったのでは……」

粂吉が猪口を膝許に置いて言う。

「新太と米倉清三郎がつるんでいたら、できたのでは……」

与茂七はそう言って猪口をあおり、すぐに手酌する。そばには一升徳利が置かれていた。

「新太と米倉という男のつながりだ。もし、米倉が山城屋の金蔵を襲った賊なら、新太はどこかで繋がっていなければならぬ。だが、二人の関わりはなかった」

今日の調べではそうであった。そして、明石町で見つかった死体の身許もわかっていない。

「やらなきゃならないことが増えましたね」

粂吉は小さく嘆息する。

たしかに調べることは増えていた。

明石町であがった死体の身許、新太の行方、米倉清三郎という男のこと、石川島の近くで見つかった舟の持ち主、そして消えた金箱だ。

「粂吉、舟を探していたのは米倉清三郎だが、仲間がいたらしいな」

伝次郎は粂吉を見る。

「へえ、体の大きな目つきのよくない男がいっしょだったと、いくつかの番屋で聞きました」

「その番屋はいずれも山城屋のある入堀より川下だった」

「さようですが、両国橋より川下です」

粂吉はそう答えてから、舟を探す米倉清三郎が立ち寄った自身番をあげた。

本所尾上町、本所相生町一丁目、深川元町、深川海辺大工町、深川佐賀町、深川熊井町、最後が深川中島町にある自身番だった。

伝次郎はその自身番の場所をひとつずつ頭に思い描いた。ゆっくり時間をかけてから、ふいに立ちあがると、半紙と筆と墨壺を取ってもとの席に戻った。

「何をするんです？」

与茂七が怪訝な顔で聞くが、伝次郎は半紙に簡略な絵図を描いた。粂吉と与茂七がそれをのぞき込む。

伝次郎は半紙のほぼ真ん中に大川を描き、山城屋の位置に丸をつけ、さらに両国橋、竪川、小名木川、大島川を描き足した。それから、粂吉の言った自身番の場所に三角印をつけ、

「粂吉、舟を探すために米倉清三郎が立ち寄ったのは、ここであるな」

三角印を指し示して聞く。粂吉はうなずく。

「これで何かわからぬか。いくつか同じことが言える」

「自身番は大川の左側ですね。右にはありませんね」

与茂七が身を乗り出しながら言う。

「さよう。そして、大川と繋がる川のそばではないか。これは何を意味するのだ」

粂吉と与茂七は、しばらく考え込んだ。

すだく虫の声がするだけで、家のなかは静かである。

「米倉の探している舟が竪川や小名木川に入ったと考えたのでは……」

答えたのは粂吉だった。

「おそらくそうだろう。そして、その舟は山城屋のある入堀から、あの嵐のなか大川に出た。闇夜のなか荒れる川を下るのは尋常の沙汰ではない。うまく下ったとしても、大川を横切り対岸に行くのは至難の業。おそらく無理であろう。そして両国橋を抜けたとしても、舟をそのまま下らせることができたかどうかだ。もし、おれがその舟を操っていたとしたら、竪川に逃げ込んだだろう。むろん、その前に川に投げ出されるか、舟ごとひっくり返されただろう」

「だけど、米倉清三郎はうまくその舟が川を下っていったと考え、大島川の河口に近い深川中島町の番屋を訪ねたってことですか……」

与茂七が真剣な顔で言う。今夜はあまり酔っていない。

「それは、米倉清三郎が賊の一味だと考えてのことですね」

条吉が伝次郎を見て言った。

「うむ。そう考えるのが常道であろうが、他のことも考えられる。それは米倉清三郎が山城屋を襲った賊のことを知っていて、さらにその賊が舟で逃げたのを見ていたということだ。あくまでも勝手な推量でしかないが……」

「すると、その舟に賊一味が乗り込んでいたということですか……」

与茂七だ。

「そう考えることもできるが、あの野分のあとで見つかった死体はひとつだけだ。もし、金箱を積んだ舟が暴れる川に呑み込まれて流されたのなら、乗っていた者たちも無事ではなかったはずだ」

「すると、舟にはひとりしか乗っていなかったということですか」

「そのあたりのことはよくわからぬが、新太の行方を探すとともに、米倉清三郎という男も探さなければならぬ。条吉、米倉の人相書を作ってくれ。ただし、米倉が賊の一味かどうかはわからぬ。手配りをするときにはそのあたりのことを考えてくれ」

「承知いたしました。では、早速明日にでも」

五

暖簾を下げ、前垂れを外したとき、がらりと閉めたばかりの戸が開かれた。顔をのぞかせたのは、幸助だった。

「あら……」

「もう仕舞いですね」

幸助は遠慮がちに聞いたが、千草は気になっていた男だけに、

「少しならいいですよ。どうぞ」

と勧め、火を落としたので冷やしか出せないと断った。

「冷やで結構です。無理をいって申しわけありません」

幸助は先日と違い、何やらすがすがしい顔をしていた。

「その後、どうなったの？」

酒を運んでいって、気になっていることを聞いた。

「へえ」

幸助はそう言って、ぐい呑みの酒に口をつけてから、

「女将さんに言われたように、お菊さんとよくよく話をしましてね」

と、言葉を切って頬をゆるめた。

「それでお菊さんは何と……」

「わたしの気持ちを受けてくれました。お菊さんも気持ちは変わっていなかったのです」

「それじゃ、お菊さんをもらいたいとおっしゃっていた内村とおっしゃる方とは、話がついたのね」

幸助は少し顔を曇らせ、

「いえ、それはまだです。ですが、もうわたしとお菊さんの気持ちは固まっていますので……」

と、頼りなさそうな笑みを浮かべた。

「あなたとお菊さんの……」

千草は二度ばかりまばたきをして幸助の隣に腰を下ろした。

「内村様とお菊さんは話をされたの？」

「それはしていません。ですが、もうその必要はないんです」

「どういうこと……」

「まあ、それはご勘弁ください。女将さんには相談に乗ってもらった手前、話だけはしておかなければと思い伺ったんです。おかげでお菊さんの気持ちをたしかめることができてようございました。礼を申します」

幸助は口許に笑みを浮かべて頭を下げたが、千草は少し心配になった。幸助が見せた笑みに、ひ弱で心許なさを感じたからだ。

「あの、よくわからないのだけれど、お菊さんとあなたはいっしょになれるということかしら……？」

「そういうことです」

幸助はきっぱりと答えた。どこか開き直った顔だった。

「すると、お菊さんのご両親が内村様にお話をされて、断りを入れられたのかしら？」

「まあ……」

幸助は曖昧な返答をした。

「それで内村様が納得されたのなら、おめでたいことだわ」

「ありがとうございます」

幸助は礼を言って、ぐい呑みの酒を半分ほどほし、

「ああ、やっぱりうまい」

と、満悦そうな顔をした。陰鬱な顔をしていた先日とは大違いだ。

「とにかく、丸く収まったということなのね」

穿鑿したいことはあるが、あえて聞かないことにした。とにかく、恋仲だった二人が幸せになるならそれでよいはずだと考える。

「いろいろ気を揉みましたが、やっと胸のつかえが下りました」

「何よりだわ。するとお菊さんのご両親も、幸助さんのことを認めてくださっていらっしゃるのね」

「まあ、そうですね。まだ、しっかり話はしていませんが……いずれは……」

「お菊さんをもらい受けるなら、ちゃんとご挨拶をしなければなりませんね。わたしがこんなことを言う立場ではありませんが……」

「いえ、女将さんのおっしゃるとおりです。心の底から相談してよかったと思っています。それから……」

「はい」

千草は幸助のつぎの言葉を待った。

「近々、わたしは店をやめることにしました」

「独り立ちでもされるの?」

「但馬屋で永年奉公してきましたが、これからはお菊さんといっしょにやっていくと決めたのです。そう肚を括りまして……」

幸助は酒を飲みほして立ちあがった。

「こんな刻限に訪ねてきてご迷惑をおかけしました。ほんとうにありがとうございました」

「お礼なんかいいのよ」

千草も立ちあがった。

「お代は、これで。釣りはいりませんので……」

幸助は袖に手を入れるなり、さっと一分銀を取り出して千草にわたした。

「これは過分だわ」

「いいのです。女将さんに言われて、わたしは目が醒めたのですから。では、これで」

幸助はそのまま店を出て行った。

千草は何だか納得できないものを感じていた。表に出ると、幸助の影が遠ざかっていた。

六

「今度はどこへ行かれるんです?」

お吉がそう言って清三郎に酌をした。

「行徳だ」

清三郎はむっとした顔をして猪口を口に運んだ。お吉は清三郎の本当の仕事を知らない。塩の仲買人だと言ってある。

「それじゃまた一月か二月は留守をされるのですね」

「そうなるだろう。それにしても、今度ばかりは商売あがったりだ。いつもこうだと思いやられるが、つぎはうまく立ちまわらなきゃならねえ。何だか腹が減ってきたな」

「あまりつまんでいませんものね。何か作りましょうか？」

「腹にやさしいのがいい。うどんがあっただろう。軽く茹(ゆ)でてくれねえか」

「それじゃすぐに……」

お吉は台所に立った。

清三郎はその後ろ姿をしばらく眺めた。知り合った頃より太り、尻のあたりの肉付きがよくなっていた。

もとは両国の料理屋の仲居だったが、清三郎が口説き落として自分の女にしていた。甲斐性(かいしょう)のない亭主と別れたばかりで、口説くのにそう手間はかからなかった。欲のない女で人を疑うことを知らない。清三郎にとっては都合のいい女だ。

清三郎はお吉から視線を外し、手許の猪口に視線を落とし、

（忌々しいことだ）

と、心中でつぶやき、宙の一点を凝視した。

仲間を裏切った長五郎の顔が脳裏に浮かぶと、腹立たしくなった。

（くそ、あの野郎）

と、また心中で毒づくと、野分の晩のことが甦った。

あの夜、清三郎たちは山城屋の金蔵に押し入った。雨風が強く、人通りはすっかり絶え、どの家もしっかり雨戸と表戸を閉めていた。それは山城屋も然りで、金蔵の庭に入るのは造作なかった。

神経は使ったが、人の目は決してなかった。それでも慎重に錠前を破り、金箱を運び出すことができた。よかったのはそこまでだった。

金箱は力のある孫蔵ひとりに運ばせ、長五郎は先に入堀に繋いでいた舟に走った。清三郎と留次はまわりに目を配りながら、長五郎のあとについていき、先に待っていた長五郎の舟に乗ろうとした。

「孫蔵、先に金箱をこっちにわたすんだ。足許に気をつけろ」

長五郎は舟提灯に火を入れて足許を照らしていた。舟提灯はうまく工夫が凝らされていたので、雨に濡れて消える心配はなかった。

長五郎は孫蔵から金箱を受け取って舟のなかに置き、

「お頭、留次、舫いをほどいてくれ」

と、雁木に繋がれている舫いを見て言った。そのとき、孫蔵が舟に乗り込もうとしたのだが、長五郎は棹を使って胸を突き、堀のなかに落とした。

「長五郎、何しやがる！」

気づいた清三郎が血相変えて怒鳴ると、長五郎は手に持っていた匕首で舫い綱を断ち切り、棹で岩壁を強く押した。舟はスルスルと河岸場を離れた。

「てめえ、なにしやがる！」

清三郎は舟に乗っている長五郎に怒鳴ったが、その間にも舟は離れていった。

「裏切りやがったな！　留次、追うんだ！　逃がすんじゃねえ！」

清三郎が怒髪天をつく形相で指図する前に、留次は長五郎の舟を追いかけていた。その間に、清三郎は溺れかけていた孫蔵が岸壁にしがみついたので手を貸して引きあげ、留次のあとを追いかけた。

激しい雨と風であっという間にずぶ濡れになったが、息を喘がせながら走りつづけた。

御竹蔵の入り口に架かる御蔵橋の手前で、立ち止まったのは、留次が後戻りしてきたからだった。

「どうした？」

清三郎はハアハアと、息を切らしながら聞いた。

「両国橋をくぐり抜けたあとは見えなくなりました」

暗がりのなかで答える留次も激しく肩を上下させ、呼吸を乱していた。

「見えなくなったってどういうことだ？」

「わかりません」

「わからねえだと。てめえ、どこまで追ったんだ？」

清三郎は怒りのあまり、留次の襟をつかんで絞めた。

「両国橋の見えるあたりまでです。下っていく舟にはとても追いつけっこねえんです。く、苦しいじゃねえですか……」

「くそったれが！」

清三郎は留次を突き飛ばして、闇のなかにぎらぎらと目を光らせた。

しかし、舟と長五郎の行方はそのままわからなくなった。

野分が収まり夜が明けかかった頃に、清三郎は長五郎の舟を探すことにした。ひょっとしたら舟は暴れる川に呑み込まれ、長五郎といっしょに海に流されたのかと思った。しかし、そうと決めつけるのは早いので必死になって舟を探した。

探すことはできなかったが、聞き調べるために訪ねて行った深川中島町の自身番詰めの三人をあやしく思った。

それに気づいたのは孫蔵だったが、その勘はあたっていた。書役の徳兵衛と番人と店番が、自身番近くの大島川に浮いている舟を見つけ、金箱を拾いあげていたのだ。


「あいつらを見つけたのはよかった」

思わず独り言が口をついたことで、清三郎は我に返り、猪口の酒を嘗めるように飲み、左手の甲で唇をぬぐった。

金箱も取り返すことができた。だが、それは糠喜びだった。金箱に入っていたのは、石ころだったのだ。

思い出すだけで虫酸（むしず）が走るが、その怒りの持って行き場がなかった。だが、このまま引っ込んではおれない。

（必ずあの若造を……）

清三郎は猪口をつかむ手に力を入れた。そのときそばで声がした。

「ちょいと旦那、なんべん呼べばわかるんです。耳が遠くなりましたか」

お吉があきれ顔をして土間に立っていた。

「なんでえ？」

「留次さんが見えたんですよ」

清三郎はそのまま立ちあがると、戸口に立っている留次を表に連れ出した。

「見つかったか？」

「いいえ。今日もわかりませんで……」

清三郎は落胆のため息をついて、留次をあらためて見た。

「明日はおれも探す。孫蔵にもその旨伝えておけ」

「へえ」

七

伝次郎の調べに進展はなかった。

条吉はもう一度大川沿いの自身番を訪ね歩いていたが、新たな証言も賊の手掛かりになるものも得られないでいた。

与茂七は石川島沖で見つかった舟の持ち主と、明石町であがった死体の身許探しをしているが、そちらも捗(はかど)っていないようだった。

その日、伝次郎は深川中島町の自身番の番人と、殺された徳兵衛の大家に再び会い、米倉清三郎と名乗った男の人相や身なり、特徴を細かく聞いた。

それで大まかに米倉清三郎のことを想像することができた。清三郎は四十前後のみなりのよい男で色白の鷲鼻、薄い唇、切れ長の目で中肉中背。また証言をする者たちが口を揃えて言うのが、

――堅気には見えませんでした。

である。

さらに、清三郎はがたいのよい男を連れていることもわかった。

その清三郎は、徳兵衛らが自身番から箱を持ち出したあとで、訪ねてきて徳兵衛らの行き先を訊ねている。

夜番の書役の金三から、徳兵衛の大家の家に行ったことを教えられると、清三郎はその足で大家を訪ね、そこで徳兵衛と猪吉と新太の家を聞いていた。

清三郎はその三人の家を訪ねたはずだが、徳兵衛と猪吉の家に立ち寄った形跡はなかった。同じ長屋の者が気づかなかったか、あるいは開け放してある戸口から様子を窺（うかが）い留守を知ってつぎの家に向かったか。

訪ね歩く順番としては徳兵衛、猪吉、新太の順だ。新太の家だけが自身番のある深川中島町ではなく、徳兵衛と猪吉の死体が発見された因速寺に近い深川北川町（きたがわちょう）だった。

さらに、徳兵衛は風呂敷包みの箱を自身番から運び出しているが、金三らには大家から預かったものだと告げた。

しかし、大家はそんな箱など預けた覚えはないと断言した。

（箱はいったい何で、どこにあるのだ？）

伝次郎の頭に浮かぶ大きな疑問だった。墓地でもその箱を見つけることはできなかったのだ。新太の家でも徳兵衛と猪吉の家でも同じだった。

伝次郎は再び因速寺の墓地に足を運んで、そこでまわりを眺めた。

この墓地に米倉清三郎が来たのか？　そして、徳兵衛と猪吉と新太も。

清三郎の目的は徳兵衛らの運んだ箱だと考えるのが常道だ。深川中島町の自身番に詰める夜番の者たちも、徳兵衛らと米倉清三郎との関わりはわからないし、話にさえ出たことはなかったと言った。

やはり、清三郎は徳兵衛らが運んだ箱を探していたのだ。そして、その箱は山城屋から盗み出された金箱だった。

近くの木に止まっていた鵯（ひよどり）がいびつな声で鳴いた。そのことで伝次郎は思考を中断して、墓地を出た。

歩きながらまた考えることがある。明石町にあげられた死体の身許である。まだそれはわかっていない。

伝次郎は深川中島町に後戻りすると、一手橋のそばに舫っていた自分の猪牙舟に乗り込み、そのまま大川に乗り出した。ゆっくり櫓を漕ぎながら流れに逆らって上流に向かう。

永代橋をくぐり抜け、深川の町屋に目を向ける。いつもと変わらない風景だ。町はいたって平穏に見える。川の流れも穏やかで、水面は秋の日差しを照り返しながらきらきらと輝いている。

ギッシギッシと、櫓臍（ろべそ）をこする櫓の音が舳（みよし）のかき分ける水の音と重なる。

櫓を漕ぎつづけながら野分の晩のことを考えた。

山城屋に賊が入った刻限はよくわからない。嵐が収まりつつあるときだったのか、それとも雨風が吹き荒れているときだったのかは不明だ。

（いずれにしても……）

伝次郎は猪牙舟をゆっくり進めながら川を眺める。山城屋が襲われた晩のこの川は、水量が増し、大きな波がうねっていたはずだ。そんな川に舟を出す船頭はまずいない。

しかし、金を盗んだ盗賊ならばどうであろうか……。

そこまで考えて伝次郎はかぶりを振る。舟で金箱を運ぶことはないのだ。人気（ひとけ）のない野分の晩のことだ。舟を使わずとも金箱は運べただろう。危険を冒して舟で逃げる必要はなかったはずだ。

（それとも、近くまで舟を使ったほうが楽だったということか……）

胸のうちでつぶやく疑問は解けない。

両国橋を抜け、百本杭（ひゃっぽんぐい）に止まっている十数羽の黒い川鵜（かわう）を横目に猪牙舟を上らせた。やがて左手に御米蔵が見えている。白漆喰（しっくい）に黒板塀（いたべい）、黒い屋根瓦の蔵が何棟も建っている。その蔵地に入る八本の入堀がある。もっとも下流が八番堀で最上流が一番堀だ。

伝次郎は猪牙舟を本所側に向け、入堀の入り口に架かる石原橋をくぐった。すぐそばが山城屋だ。猪牙舟を繋いで河岸地にあがり、河岸沿いに歩いた。入堀の長さは百十間（約二〇〇メートル）ほどだろうか。荷を積んだひらた舟が十数艘、河岸地に舫われている。

伝次郎は先日の野分のあった前日、あるいは数日前に見慣れない舟が舫われていなかったかを、河岸場ではたらく人足や船頭らに聞いていった。

誰もがそんな舟はなかったと言った。あったとしても気づかなかったとも言う。

「他の舟なんてあまり気にしませんからねえ」

そう言う船頭もいた。

伝次郎は茶屋の床几に座って、また思案に耽った。

晴れた空で二羽の鳶が舞っていた。視線を下ろすと、入堀の対岸にある大名屋敷の長塀が目に入った。塀の上に松や楠がのぞいていた。

茶に口をつけ、何気なく懐に手を入れたとき、一枚の紙に触れた。明石町の自身番にあげられた死体の似面絵だった。自身番の書役が気を利かせて描いた死人の似面絵に付け加えて人相書にしていた。

粂吉と与茂七も同じ人相書を持っている。伝次郎はそれにじっと視線を落とし、そばにやって来た店の小女に声をかけた。

「もし、これに似た男をこのあたりで見かけたことはないか?」

盆を持った小女はしぱしぱと瞬きをして、伝次郎と人相書に視線を往復させた。

「お侍様は、お役所の方なんですか?」

「さようだ。この男は野分の翌る日に、鉄砲洲に浮かんでいたのだ。身許が知れぬので調べているのだが、わからぬか?」

小女は首をかしげてわかりませんと答えた。

「素人の描いた似面絵だからわかりにくいだろうな」

いや、すまなかった、と言って伝次郎は人相書を膝の上に置き、試しに聞き込んでみるかと、床几から腰をあげ、近くの商家を訪ねてみた。

山城屋のある南本所石原町は、埋堀河岸の北側だけでなく、入堀のどん突きの東側と南側にもある大きな町だ。

念には念を入れ、開いている店を一軒一軒まわってゆくが、人相書に食いつく者はいなかった。だが、一度聞き込みをはじめたら、途中でやめるわけにはいかない。それが伝次郎の性分でもあるし、永年町方の同心をやっていた習性でもあった。

根気強い聞き込みは無駄ではなかった。豆腐屋で同じことを店の主に訊ねたときだった。買い物をしに来ていた町屋のおかみが、興味ありげに人相書をのぞき込んで、

「あれ、うちの長屋に住んでいる人じゃないかしら……」

と、言ったのだ。

伝次郎は目を光らせた。

第四章　お吉

一

その長屋は南本所石原町の東端にある弥兵衛店だった。周囲は旗本や御家人屋敷ばかりだ。建物は古く、ところどころのどぶ板が外れている寂れた裏店だった。

おかみの言う男は、長五郎という名前だった。

「長五郎……」

伝次郎のつぶやきに、別の長屋の住人が言葉を足した。

「この裏店に家移りしてきて三月もたっちゃいませんよ。仕事をしているふうではありませんでしたね」

「どこから越してきたかわからぬか？」

「そりゃ、大家に聞けばわかるんじゃ……」

伝次郎は早速、弥兵衛という大家を訪ねた。人相書を見せると、やはり長五郎に似ていると、長屋の者と同じことを口にした。

「仕事は船頭だったはずです」

「船頭……」

伝次郎は鸚鵡返しに言って弥兵衛を見た。

「はたらいている様子はありませんでした。他の店子もそう言っております。ただ、店賃はきちんと払っておられたし、厄介を起こす人でもありませんでしたよ」

「どこから越してきたか、請人は誰か？　それを教えてくれ」

伝次郎はそのことを聞いて長屋を出た。

船頭だったという長五郎は、北本所番場町から越してきていた。その長屋に行ったが、長五郎という男が住んでいたことはなかった。

さらに、請人となっていたのは、北本所表町の口入屋だった。主は金で釣られて請人になっていた。実入りの少ない口入屋は、金次第で請人になることがままある。

つまり、長五郎は弥兵衛店に嘘をついて住んでいたのである。出自も、ほんとうの職業も不明である。

伝次郎はもう一度、長五郎の住んでいた弥兵衛店に行き、聞き込みをした。

九尺二間（くしやくにけん）のどこにでもある長屋に住んでいた長五郎の家に、調度（ちようど）類はほとんどなかった。煎餅布団と湯呑みと安物の鍋と鉄瓶があるくらいだった。

長く住むつもりがなかったのか、手許不如意（ふによい）だったのか、それはわからない。無口な男で挨拶はするが、近所づきあいはほとんどなかった。訪問客もなかったという。

長屋を出ると、山城屋を訪ねた。主の万右衛門は、伝次郎の顔を見ると、

「何かわかりましたでしょうか？」

と、期待顔を向けてきた。

「賊のことはまだ何もわからずじまいだ」

万右衛門は福々しい顔にあった笑みをすうっと消し、

「このままだと盗まれ損で、大金をドブに捨てたようなものですね」

と、さも残念そうな顔をする。

「ただ、明石町で見つかった死体のことがわかった」

万右衛門は目をしばたたく。

「この町の東外れに弥兵衛店という長屋がある。その長屋に住んでいた長五郎だったようだ。この男だ」

伝次郎は万右衛門に稚拙（ちせつ）な人相書を見せて、この店に来たことはないかと聞いた。

万右衛門は人相書をためつすがめつ眺めていたが、そばにいる番頭と手代に、こんな客が来たことはなかったかと聞いた。

二人がわからないと首を振ると、他の奉公人にも聞いてくれた。だが、結果は伝次郎の期するものではなかった。

長五郎は山城屋を訪ねたことはなかったようだ。ただ、長五郎は三月前に山城屋の近くに越してきていた。長五郎が賊であれば、ひそかに山城屋に探りを入れていたと考えることができる。店を調べるにあたっては、自分で動かず人を使ったかもしれない。狡猾（こうかつ）な盗人にとってそれぐらいのことは朝飯前だ。

山城屋をあとにした伝次郎は、粂吉と与茂七に会うために、猪牙舟に乗って大川を下った。

両国橋東詰にある垢離場のそばに数軒の茶屋がある。伝次郎はその一軒の茶屋で、粂吉と与茂七と落ち合うことにしていた。

約束の刻限は八つ（午後二時）――。その時刻には少し早かったのか、二人の姿はなかった。茶屋から垢離場が見えるが、人の姿はなかった。垢離場は大山参りに出立する者が、身を清めるために水行をする場所である。

伝次郎が茶のお替わりを店の者に所望したとき、与茂七がやって来た。

「旦那、あの死体の身許はさっぱりわかりませんで……」

与茂七は来るなり辟易顔で言った。

「ご苦労であった。あの死体はおそらく長五郎という男だ。元船頭だったらしい」

「へっ」

伝次郎は、目をまるくして驚く与茂七に、南本所石原町の聞き込みでわかったことを話した。

「すると、長五郎は賊の一味だったということじゃありませんか」

「そう決めつけるものはないが……」

伝次郎は苦い顔をして茶に口をつけた。

「元船頭だったのなら、嵐で暴れている川に乗り出してもうまく下ることができる自信があったのかもしれませんね」

「よくはわからんが、舟に長五郎だけが乗っていたのか、それとも他の仲間も乗っていたのか、その辺のことが知りたい」

「中島町の番屋を訪ねた米倉清三郎が賊だったなら、米倉もその舟に乗っていたってことは考えられませんか。米倉はもうひとり男を連れていたはずです。だけど、その二人は川に投げ出されたけど、助かった。そして、長五郎の舟を探すために番屋を訪ね歩いた」

「そう考えることもできる」

「そして、徳兵衛らが運び出した箱は、山城屋から盗まれた金箱だった」

「それも遠からずあたっているかもしれぬが、いまのところはなんとも言えぬ」

「……やっぱり決めつけるには、証拠ですか」

与茂七はため息を漏らして茶に口をつけた。

そのとき粂吉がやって来て、開口一番に言った。

「旦那、舟の持ち主がわかりました」

「なに、わかったか」

伝次郎は目を光らせた。

「あの舟は野分のあった日の二日前に盗まれていたんです。持ち主は中之郷瓦町の瓦屋でした。寒橋まで連れて行きたしかめさせると、間違いなく自分の舟だと言いました。舟は自分の仕事場に近い、源森川に繋いでいたそうで……」

「源森川に……」

与茂七がつぶやいて粂吉を見た。

「あの舟が盗まれたものなら、もっと川上だったかもしれないと思ったのだ。それで、大横川と隅田川沿いの町屋をあたっていたらわかった。瓦屋は古い舟だったので、盗まれたなら盗まれたまんまでもいいとあきらめていた」

「そうでしたか。それで粂さん、明石町で見つかった死体のことがわかったんです」

「ほんとうに……」

目をまるくする粂吉に、伝次郎が聞き込みでわかった長五郎の話をした。

「旦那、お奉行の勘はあたっていたんじゃないですか」

粂吉はそう言ってから、

「それで、この先どうします?」

と、聞いた。

「賊のことはまだわからぬが、米倉清三郎と新太を探さなければならぬ」

伝次郎はそう言うと、湯呑みを置いて床几から立ちあがった。

二

その日の夕刻、伝次郎は久しぶりに千草の店へ行った。粂吉と与茂七もいっしょである。

千草ははずんだ声で三人を迎えたが、伝次郎が仕事の話をはじめると、板場に下がっておとなしくしていた。

表にはまだ日の名残があり、店も灯りをともすような刻限ではなかった。さいわい、他の客はまだ来ておらず三人だけなので、伝次郎は明日からの調べについて粂吉と与茂七の考えを聞いた。

「新太がどこにいるかが、あっしは気になります。新太は親方の徳兵衛と猪吉といっしょに箱を持って番屋を出ています。そして、徳兵衛と猪吉は何者かに殺された。運んだ箱もないいんです」

条吉である。

「その箱は山城屋から盗まれた金箱で、五百両近い金が入っていた」

与茂七は酒を口に運んで、千草が焼いてくれた秋刀魚（さんま）を器用に箸でほぐす。

「新太は金を盗んで逃げた。おれもそう考えていいと思う。ただ、徳兵衛と猪吉を殺したのが新太だったのかどうかわからねえ」

伝次郎は黙って条吉と与茂七のやり取りに耳を傾ける。

「米倉は、仕事を終え風呂敷で包んだ箱を持って番屋を出た徳兵衛らを追っています。そして米倉には連れがあった。そうでしたね」

与茂七が言うのへ、条吉はうなずく。

「米倉は三人を見つけて、徳兵衛と猪吉を殺し、金箱を取り返したんじゃないですか。そして、新太は米倉らと何らかの関わりがあったから殺されずにすんだ」

「新太と米倉らの関わりは何もわかっていないんだ。それより、徳兵衛らの運んだ箱が、山城屋から盗まれた金箱だったとしたら、どうやって徳兵衛らはそれを手に入れたんだ？」

「そりゃ……」

与茂七は言葉に詰まり、酒を飲む。

「長五郎が賊の仲間だったと考えると、舟には金箱が積まれていたはずだ。だが、死体と舟は見つかったが、金箱は見つからなかった。ところが、金箱は中島町の番屋にあった。それはどういうことだ？」

「その辺がわからねえんですよ。だけど……」

「なんだ？」

条吉は真剣な顔で与茂七を見る。

「新太はあの野分の晩、山城屋の金蔵が破られた晩には、番屋にいましたね。そして、雨風は朝方にはほとんどやんでいた。新太は見廻りに出て、たまたま浮かんでいる金箱を見つけ、親方の徳兵衛と猪吉と番屋に運び入れた」

「それで……」

条吉は酒を嘗めるように飲みながら先を促す。

「三人は金を山分けしようと考えたが、新太は独り占めしようとその算段をした。つまり、金を山分けするために、人気のない、誰にも知られない墓地に金箱を運んだ。そして、そこで新太は隠し持っていた刃物で二人を殺し、金箱を持って逃げた」

「ふーん。そういうこともあるかもしれねえが、新太は人を殺せるようなやつだっただろうか？」

「大金が自分のものになるんです。それも一生はたらいても稼ぐことのできねえ金ですよ。心柄（こころがら）が変わってもおかしくないでしょう」

「すると新太は金に目が眩んで、二人を殺（あや）めたってことか……」

「そんなこともあるんじゃないですかね。米倉清三郎と関わりがあったかどうかはわかりませんが……」

　条吉と与茂七のやり取りは、行ったり来たりを繰り返した。

　そのやり取りを聞くともなしに聞いている伝次郎は、墓地で殺されていた徳兵衛と猪吉の死体を検分している。

　徳兵衛は喉をかっ切られていた。猪吉は脾腹（ひばら）を深く刺されていた。使われた得物（えもの）

は見つかっていないのでわからないが、おそらく小刀だろう。包丁かもしれないし、匕首だったかもしれない。

果たしてそんなことが新太にできたかどうかである。たしかに与茂七が言うように、金に目が眩み、邪悪心が芽生えての所業だったかもしれない。

そのように結論づけると話は簡単だが、米倉清三郎という男の存在を無視することはできない。

米倉は野分の晩に流された舟を探していたのだ。そして、その舟は源森川に舫われていた瓦屋のものだった。その舟を嵐の大川に漕ぎ出したのが長五郎だった可能性が高い。

もし、そう仮定するなら長五郎は山城屋を襲った賊の仲間だったということだ。

(米倉清三郎、いったい何者だ……)

伝次郎は胸中でつぶやき、あらためて粂吉と与茂七を見て言葉にした。

「明日から、新太のことを徹底して調べる。それから中島町の番屋を再三訪ねている米倉清三郎という男を探す。粂吉、米倉の人相書はできているのだな」

「明日にはできます」

「よし、明日から米倉清三郎の人相書を持って調べに入る。与茂七、おまえは新太のことを調べるだけ調べろ」

「へえ、承知しやした」

与茂七が神妙な顔で応じたとき、暖簾をめくって二人の職人が入ってきた。新たな客は侍のなりをしている伝次郎を見て、一瞬かたい表情になってから、遠慮がちに幅広の床几に腰を下ろした。

伝次郎はそこでそれまでの話を打ち切り、板場から出てきた千草を見て、

「邪魔をした」

と、短く言ってから店を出た。この辺は阿吽の呼吸である。

三

内村政之進の自宅屋敷は愛宕下の通りを北へ行き、その途中を西に入った三斎小路にあった。三百坪ほどの屋敷なので、まあ並の旗本屋敷といったところか。

当主は父の主膳である。次男の政之進は十五歳までは、家督の継げぬ部屋住みで

あったが、長男が病死したのをきっかけに、嫡子となった。

十七歳でお目見え、十八の年に御作事下奉行賄頭見習となり、その後、表台所頭格賄頭となった。いずれは父の跡を継ぎ御作事下奉行の配下に役替えされる予定である。

父・主膳は役料十人扶持だが、政之進も役料百俵を給されていた。父主膳はいずれは御作事奉行に出世すると鼻息が荒かったが、五十の坂を越したあたりから出世が叶わぬと見切りをつけたらしく、早めに隠居をし、家督を政之進に譲り、自分は采地に行って畑仕事でもしながらのんびり余生を楽しむのだと、ことあるごとに言っている。

政之進はそれは父の自由だからと思い、父の考えや行いに意見もしなければ、口を挟むこともしない。

しかし、父・主膳は、このところ政之進を一心に説き伏せようとしていた。それが政之進にとっては苦痛であり、悩みの種だった。

勤めを終えてその日の夕刻に自宅屋敷に帰ってきた政之進は、まだ日が落ちるのには間があると踏み、裃を脱ぐなり、楽な外出の着流しを着込み、羽織をつけたところだった。

出かけようと思う先は、南伝馬町二丁目の小間物問屋・高田屋である。店に用事があるわけではない。高田屋の娘・お菊に会いたいためだった。

しかし、父・主膳はお菊を嫁にしたいという政之進に強く反対している。それは母の友江も同じだった。二人はお菊との縁組を快く思っていない。あってはならぬとひどく叱られたこともある。

だが、政之進は頑として撥ねつけている。

「自分の嫁は自分で決めまする。これだけは父上母上の命とあっても、従うことはできませぬ」

そのようにはっきり言ってからは、両親の反対の風は弱まっていた。このところ勤めが忙しく、お菊に会っていない。会えないと、ますます会いたくなるのが人情である。今日はどこかへ連れ出して、うまい料理でも食べたいと勝手に考えていた。それに明日は非番である。今夜はゆっくりできる。

（願わくばお菊の手を取り、さらに願わくば……）

政之進は胸中でつぶやくと、顔をにやつかせ、刀掛けから大小を取った。そのとき、閉まっている障子の向こうから、中間の声がした。

「政之進様、殿様がお帰りになりました。ついては殿様の部屋に来てほしいとのことでございます」

「何用であろうか？」

「さあ、わかりませぬ」

「急ぎの用であろうか？」

そうでなければ明日にしてほしいと、政之進は思った。

「急ぎ呼んでまいるようにおっしゃいましたので、大事なご用だと思います」

政之進は面倒くさいなと思いつつも、大小を刀掛けに戻して、

「すぐに行く」

と、応じた。

中間の去って行く気配があると、大きく嘆息をして、自分の部屋を出て父・主膳のいる奥書院に向かった。

父・主膳は文机のそばで庭を背にして座っていた。いつになく厳めしい顔つきだ。厚ぼったい唇を真一文字に引き結んでいたが、

「そこへ」

と、自分の膝前を扇子で示した。

「何用でございましょう？　急ぎ行かなければならぬところがありますゆえ、手短にお願いいたしたいところです」

「何が手短にだ。小生意気なことを言うようになってきたと思ったら、ますます生意気さに磨きをかけおって……」

主膳は吐き捨てるように言って政之進をにらむ。

政之進は母・友江に似たのか、撫で肩のやさ男だ。だが、父・主膳は怒り肩の強情顔で、押し出しの利く男だった。されど、人付き合いが下手なのか、本人に出世欲はあっても、いまより上の地位にのぼる人望はなかった。それ故に早く隠居しようと考えている。

「ならぬぞ。断乎、ならぬ」

主膳はいきなりそんなことを言った。声は低かったが、言葉には厳しさがあった。

「は……」

「は、ではない。まだ町屋の小娘にうつつを抜かしているようだが、いい加減目を醒ませ。嫁取りについては、おまえの一存どおりにはさせぬ」

　政之進は表情をかためた。お菊のことだとわかる。

「何度も言うが、町屋の商人の娘を嫁にするなど言語道断。あってはならぬことだ。武門の男であるなら、武門の娘を嫁にするのが世のならい。おまえにもそのことよくわかっているはずだ」

「重々承知しております。ですが……」

「ですが何だ。口答えは許さぬ」

　主膳は遮ってつづける。

「今日、一柳安房守と話をしてきた」

　それは誰だろうかと、政之進は視線を泳がせる。初めて聞く名である。

「安房守は大御番組の組頭だ。いずれは大御番頭に出世すると言われる切れ者だ」

　主膳が同等の口を利くというのは、一柳安房守と同輩なのだろう。それにしても大御番組の組頭は相当の地位である。大御番組に入るのは武門の誉れであり、番方のなかでももっとも由緒があり、概して血筋のよい者が選ばれる。

「その安房守には十五歳になるお涼という娘がいる。今日御城にて、おまえのことを話したら、是非にもお涼殿をもらってくれまいかということになった。断る手はない。相手は役高六百石の大旗本の娘、願ってもないことだ。行く末はおまえの出世のためにもなろう」

政之進は口を引き結んで、視線を膝前に落とした。

「よい話だ。早速にも進めたいと思う」

政之進はさっと顔をあげた。

「お待ちください。わたしはそのお涼殿のことも、一柳様のことも知りませぬ」

「懸念無用。おまえが承知してくれさえすれば、明日にでも話をまとめる」

「お待ちください。それではわたしの立場はどうなるのです?」

「おまえの立場」

主膳は語尾をあげて、政之進をにらむように見た。

「おまえはわしの子だ。内村家の跡取りだ。わしはいまより上の出世は望めなくなったが、おまえがお涼殿を嫁にすれば、いずれは奉行職も夢ではない。どうだ、よい話であろう」

主膳はようやく頬をゆるめた。

「諾することはできませぬ」

「なんだと……」

主膳はいきなり表情を厳しくしたが、政之進は物怖じすることなく、嫁は自分が決める、自分は高田屋のお菊を嫁にすると断言した。

それに対し主膳は目を吊りあげて反駁し、コンコンと説教をはじめた。

家柄も身分も何もかも違うではないか、このたわけが！　内村家を栄えさせようと苦労してきたわしのことも知らずに勝手なことを言いくさって、どうしようもないうつけ者だ。

よいか、内村家は権現様の代より、身代を守りつづけてきた立派な家柄なのだ、それをおまえひとりのせいで台なしにする気か！

安房守の娘を娶れば、おまえの出世の役にも立つのだ。子孫繁栄、内村家の隆盛を願うのが当主の役目。そのこと悉皆承知していると思っていたが、おまえはそんなうつけ者であったか！

わしはそうは思わぬ。おまえはうつけでもたわけでもないはずだ。わしの血を引いている以上は、内村家を衰亡させてはならぬ。よりによって町屋の商家の娘を嫁にしたいなどと、罷りならぬことをぬかしおって。どこにそんな者がいる。まわりを見わたしても旗本の、それもお奉行になれるやもしれぬ男が、商家の小娘をもらうなど以ての外。話にもならんのだ。その娘が武家奉公でもしておれば、まだ救いはあるが、それもない。ただの町人の娘なのだ。身分が違う、家柄も違う、何もかも違いすぎるのだ！ええい政之進、いい加減に目を醒まさぬか。それともおまえは内村家を、おまえの代で潰す気ででもいるのか。そんなことを平然とやってのけると言うのか！

主膳は額に青筋を立て、眉間を険しくし、顔面を紅潮させ、固めた拳でおのれの膝をたたき、ときに胸や腕をたたいてまくし立てた。

政之進は堪えきれなくなり、

「いい加減にしてくださいッ！」

と、主膳の言葉を遮ると、蹴るようにして立ちあがり、そのまま部屋を飛び出した。

四

鳶が永代橋の上を気持ちよさそうに旋回していた。ときどき笛のような声を降らしては上昇し、また旋回しながら下降していた。

伝次郎は永代橋の東詰に近い佐賀町の茶屋で粂吉を待っていた。商家はどこも大戸を開け、大工や左官たちはそれぞれの普請場(ふしんば)で汗を流し、振り売りの行商人がのんびりした売り声をあげながら通り過ぎてゆく。

粂吉がやって来たのは、伝次郎がその茶屋の縁台に座ってから小半刻ほどたったときだった。

「できていたか?」

「へえ、これです」

粂吉は二、三十枚はありそうな米倉清三郎の似面絵入り人相書の束を懐から出した。伝次郎は一枚を手に取って、しげしげと眺めた。

細長い顔で鷲鼻、目は切れ長で唇が薄い。年は四十前後。背は高くもなく低くもない。

「よし、早速はじめるが、番屋に配るのを忘れるな」

「下っ引きにわたす手筈も整えました」

町奉行所同心の小者を長らくやっていた粂吉はぬかりがない。下っ引きは岡っ引きの子分でもあるが、町方の小者も同じように手先として使うことがある。

しかし、その正体を小者と岡っ引きがあかすことは滅多にない。悪党に命を狙われたり、恨みを買う恐れがあるからだ。

同時に町奉行所の与力・同心もその存在は知っていても、いったいそれが誰なのかはわからない。これは暗黙の了解ごとであった。

伝次郎と粂吉は深川界隈、それも大島川、油堀、仙台堀に沿う町屋から聞き込みをはじめた。山城屋を襲った賊のひとりが長五郎ならば、大川に繋がるそれらの堀川をめざしていたかもしれない。そして、その先に賊一味の隠れ家があると考えてのことだ。

しかし、長五郎は大川の河口に舟ごと流され、自分は溺れ死んでいる。もし、米倉清三郎が賊の仲間であるなら、それらの堀沿いの町屋に住んでいるかもしれぬ。

澄みわたった秋の空に昇る日が、徐々に中天に動いていく。その空に浮かぶ雲は綿を引きちぎったような形をしてじっと動かずにいた。

昼過ぎまで行った聞き込みでの成果はなかった。つづいて小名木川沿いから、竪川沿いの町屋への聞き込みをやったが、米倉清三郎を知っている、あるいは顔を見たという者には出会わなかった。

「旦那、ひょっとしてこっち岸ではなく、向こうの町屋かもしれませんね」

本所藤代町の茶屋で一休みしたとき、粂吉が大川の対岸を見てつぶやいた。伝次郎も同じことを考えていたので、うむとうなずいたが、それ以上のことは口にしなかった。

その茶屋からは両国橋を行き交う人の姿や、西両国に近い町屋が望めた。神田川の河口に架かる柳橋をくぐり出てきた二艘の猪牙舟が、ゆっくり上流に向かっていった。その舟足は鈍く、下ってくるひらた舟や猪牙舟の邪魔にならないように岸沿いを進んでいた。

「米倉には柄の悪そうな男がついていたんですが、そやつのことはよくわかっていません。いったい何者なんでしょう」

米倉清三郎は、がたいのよい男を連れていたのがわかっている。しかし、その男を見たのは殺された徳兵衛と猪吉、そして行方のわからない新太のみである。他の自身番でも見られてはいるが、はっきり覚えている者はいなかった。

「米倉清三郎が盗人ならば、おそらく名前は騙りであろう。ほんとうの名は違うのかもしれぬ」

伝次郎は湯呑みを口許で止めたままつぶやく。目は両国橋をわたる人影に向けられていた。

「あっしもそのことは気になっていたんです。ですが、人相がわかっています」

たしかに、救いはそれである。

「さて、聞き調べをつづけるか。今日はこのことで一日が潰れそうだな」

伝次郎は茶代を床几に置いて立ちあがった。

その頃、与茂七は行方のわからなくなった新太のことを調べていた。まずは新太が住んでいた深川北川町の長屋に聞き込みをかけ、その人となりを少なからず知ることができた。

新太は人あたりがよく親切な男だという者が多く、悪く言う者はいなかった。また勤めていた自身番でも、真面目で人を恨んだり乱暴なことをする男ではなかった。親切で他人への気遣いもよかったという。

気性はどちらかというとおとなしく、進んで揉め事を起こす男でもなかった。つまり気のよい、人に好かれる男だった。

だからといって、聞き調べをつづける与茂七は、そんな話を鵜呑みにはしなかった。人間誰しも人に知られない、陰の部分があり、裏と表の顔を持っている。とくに人の道を外す者にはそのことが顕著だと、伝次郎に教えられている。

伝次郎の手先仕事をするようになって、与茂七も少しは成長しているし、先輩格の粂吉から教わることも少なくない。

新太は二十三歳と若かった。与茂七より年下だ。そんな年で自身番の仕事に就いていたが、以前は小網町（こあみちょう）三丁目にある下り傘問屋・堺屋（さかいや）で奉公していたことがわかった。

与茂七は早速、堺屋を訪ね、新太を知っているという番頭に話を聞いた。

「あれは商売人向きの男だったのですが、気の弱いところがありまして、人から頭ごなしに何か言われるとひどく卑屈になるんです。そうなると粗相をしでかします。どこも同じでしょうが、一日でも早く入った者を敬い、逆らってはならないのが商家のしきたりですが、その辺も堪えられなかったのでしょう。決して悪い男ではなかったんですがねえ」

番頭はそう言ってから、ほんとうに新太に殺しの疑いがあるのかと、興味津々の目で与茂七を見た。

「そうと決まったわけじゃないですが、経緯を考えると疑わしいところがあるんです。もちろん新太の仕業だとする証拠も何もないんで、いまはなんとも言えませんが……」

「新太がそんな怖ろしいことをするなんて信じられないことです」

与茂七が年季奉公を終える前に、なぜ新太は店をやめたのかと問うと、

「旦那様に暇を出されたんです。店の女中にちょっかいを出したのが知られてのことでした。本人は何もしていないと弁解しましたが、旦那様は聞き入れなかったんです。ですが、あとで女中が嘘を言っていたことがわかりましてね」

と、番頭は頭をかいた。

「女中にはめられたってことですか……」

「まあ早い話がそうなんですが、新太は臆病でおとなしいから、女中たちのからかいの相手にされてたんです。ほんとうは可愛がっているつもりだったんでしょうが……」

「質(たち)の悪い女中だ」

与茂七はおれだったら張り飛ばしてやるのにと、少し腹立たしく思った。

「新太の実家はわかってんですね」

「そりゃもちろん」

番頭の教えてくれたことと、自身番で知ったことは同じだった。新太は雑司ヶ谷(ぞうしがや)村の百姓の次男坊だった。家を継げないので十四で堺屋の奉公人になっていた。

与茂七は新太と付き合いのあった友達や、親しくしていた者のことを聞いたが、番頭はわからないと言った。これも、深川中島町の自身番で聞いたことと同じだった。

与茂七は新太の実家を訪ねるために雑司ヶ谷村に足を向けた。深川から雑司ヶ谷までは距離がある。江戸をほぼ縦断するようなもので、急いでも一刻半はかかる。

（これじゃ、日が暮れちまうな……）

与茂七は秋晴れの空を見あげてため息をつく。

それでも調べを怠るわけにはいかない。

五

与茂七が新太の実家に辿り着いたのは、日が西にまわり込んだ刻限だった。その家は護国寺の北側にあり、家を継いでいるのは新吉という長男だった。だが、家にいるのは新吉の幼い子供二人だけで、新吉と女房は畑仕事に出ていた。

近くの百姓に聞いて、新吉に会えたのは西の空に浮かぶ雲が茜色に染まった頃だった。

「なぜやつを探すんです？」

新吉は弟の新太と年が離れているらしく、三十前後に見えた。与茂七を疑い深い目で見てくる。

「どうしても調べなきゃならないことがあるんだ。ひょっとすると新太は人を殺しているかもしれないんだ」

「何だと……」

新吉は目を吊りあげて、泥のついた手で鼻の下をぬぐった。

「話せば長くなるが、野分の晩に山城屋という商家に賊が入ったんだ」

与茂七はそう前置きをして、これまでの経緯をかいつまんで話し、

「もっとも新太の仕業だという証拠は何もないから、いまはなんとも言えねえけど、行方がわからねえんで、ひょっとしたら実家に戻ったんじゃないかと思ってね」

と、話を結んだ。

すると、女房がそばに寄ってきて「あんた」と、意味深な目を新吉に向けた。

「そんなことがあったなんて……だけど、おかしいな」

新吉は首をかしげて一方を見てから、与茂七に視線を戻した。

「あんたが来る前に、同じようなことを聞きに来た人がいるんだ」

「そりゃ誰で……？」

与茂七は片眉を動かして聞いた。

「相手は名乗らなかったから、どこの誰かわからねえけど、柄の悪い男だった。新

太に大事な用があるから探していると言うんだ。同じ番屋に詰めているとも言ったな」

「それで……」

「こっちは何も知らねえし、新太も来てねえから、答えようがねえだろう」

新吉は手にしていた鍬でざくっと畑を掘り、首にかけていた手拭いで首筋の汗をぬぐった。

「その男はどんな男だった？」

「どんな男って……」

新吉は首をかしげながら女房を見た。

「体の小さい人でした。顔も小さくて何だか鼠（ねずみ）に似ていると思いました」

答えたのは女房だった。

「鼠に似ていた……」

与茂七は短く考えた。ひょっとして米倉清三郎ではないかと思ったが、聞いた顔つきではない。米倉の連れの男も鼠顔ではなかったはずだ。

だが、新太を探している男がいるのはたしかなことだ。

「その男はいくつぐらいだった？」

与茂七は女房を見た。

「三十過ぎに見えました。四十には届いていないはずです。棒縞の小袖を着流していましたが、帯も着物も古着には見えませんでした」

「身なりはよかったが、目つきはよくなかった」

「目つきもそうですが、言葉つきがよくなかったです。何だかその辺の町の与太者にも見えたし……。でも、番屋に詰めている人だから、人に弱味は見せないのかもしれないと、そう思いまして……」

「それはいつのことだった？」

「昨日の夕方です」

与茂七は女房の言ったことを頭に刻みつけて、他のことを聞いた。

「この村で新太と親しくしていた者はいないかな？　幼なじみとか、遊び仲間だとか……」

「子供の頃は近所の子供と遊んでましたが、奉公に出てからは付き合いはなかったはずだ。それにそんな子供も、よそに出て行くか家を継いで百姓仕事しているんで

「……」

「子供の頃付き合っていた友達との縁は切れていると、そういうことかな」

「もういい年だから、縁が切れていると言ってもいいんじゃねえかなあと、新吉は同意を求めるように女房を見た。女房はうなずいた。

「新太は勤めには出ていないし、行方もわからねえ。住んでいた長屋にも戻っていない。どこか頼るところがあると思うんだが、そんなところに心あたりはないだろうか？」

「さあ、やつにはもう八年ぐらい会ってねえから、そんなことはわからないな。うちに戻ってきたって、居場所はねえし」

「もし、戻ってきたら教えてもらいたいんだが……」

「どこへ知らせりゃいいんで？」

与茂七は少し考えてから南町奉行所の内与力・沢村伝次郎あてに知らせてくれと頼んだ。それが一番間違いのない連絡方法である。

与茂七は暮れはじめた空を眺めながら雑司ヶ谷村をあとにし、音羽町（おとわちょう）の通りまで来た。ここは護国寺前から南北に長く延びた町屋である。西にまわり込んだ日の光を受ける商家の暖簾が風に揺れ、歩く人の影が長くなっていた。

　与茂七は新太に会っていないので顔を知らない。小心で臆病な男だという印象が頭にあるだけだ。

　こんなことなら新太の人相書も作らなければならないと勝手に考え、今夜伝次郎に会ったらそのことを話そうと決めた。

　通りを歩きながら考えるのは、やはり新太のことだ。伝次郎と自分の推量は、徳兵衛と猪吉、そして新太が賊の盗んだ金箱を偶然見つけて隠し持っていたこと。そして、金を分けるために人目のない因速寺に行ったが、大金に目を眩ませた新太が、独り占めするために二人を殺したということだ。

　もし、その推量があたっていれば、新太は実家には戻らないだろう。大金を手にしているのだから、その必要はない。

　住んでいた裏長屋にも用はないはずだ。着物も住むところも新しくすればよい。世の中は金さえあればなんでもできる。

　与茂七は、もし自分が新太だったらどうするかを考えた。

　人を殺しているので、まずは深川を離れる。自分のことを知らない土地に行き、そこでしばらくは静かに暮らすだろう。金があるから不自由はしない。普段食えない贅沢な料理と酒、そして女。

（おれだったらどこへ逃げるかな）

与茂七は歩きながら考えつづける。しかし、それはあくまでも一人勝手な思いで、新太はもっと堅実な逃げ道を選ぶかもしれない。

（そうなると、どこへ逃げたというのだ）

自問するが、答えは出てこない。

ただ、心の隅に引っかかっていることがひとつある。

新太を探しに来た男がいたということだ。その男は鼠に似た顔をしていた。

（いってエ何もんなんだ）

立ち止まって暮れかかった空を眺めると、三羽の鴉が鳴き声をあげながら護国寺のほうへ飛んでいった。

六

伝次郎が川口町の自宅屋敷に戻ったのは、夕焼け空が翳り、通りに夕靄が漂う時分だった。

条吉と手分けをして米倉清三郎探しをしたが、成果はなかった。その分疲れがたまっていた。

千草は店に出ているし、与茂七はまだ戻っていなかったので、家には誰もいなかった。

居間にどっかり胡座をかいて座り、一升徳利を引き寄せて、ぐい呑みに酒をついで口をつけた。

「ふう」

吐息をついて、煙出し窓から見える表に目を注ぐ。表では虫たちがすだいていた。

(米倉清三郎……いったい何者なのだ)

伝次郎は胸中でつぶやいて、嘗めるように酒を飲んだ。

山城屋に押し入った賊のことはまったくわかっていない。手掛かりさえつかめていない。

明石町で死体となって見つかった長五郎が源森川で舟を盗んでいたのなら、賊の仲間だったのかもしれない。その長五郎は山城屋からは離れているが、同じ町に住んでいた。

山城屋の前には入堀が横たわっており、埋堀河岸がある。その河岸に長五郎が盗んで乗っていたと思われる舟を繋いでいたなら、誰かが気づいていてもよさそうなものなのだが、いまのところ誰も見ていない。

（されど……）

伝次郎は再び煙出し窓の向こうに視線を投げた。

お奉行は山城屋に入った賊と、明石町の死体が何らかの繋がりがあると、勘をはたらかされ、おれに調べるように命じられた。

その調べに行き詰まりを感じている伝次郎ではあるけれど、筒井奉行の勘はあたっている気がしてならない。伝次郎自身、そんな気がするのだ。

そのとき、玄関に人の気配があり、すぐに与茂七の声が聞こえてきた。

「旦那、お帰りだったんですね」

与茂七が居間の前まで来て、行灯もつけないで暗いじゃないですかと言う。

「そうであった」

伝次郎は言われて、行灯に火を入れた。薄暗かった居間が急にあかるくなった。

「何かわかったか？」

伝次郎は濯ぎを使っている与茂七に聞いた。

「これといったことはわかっていませんが、今日は雑司ヶ谷まで行ってきましたよ」

与茂七は草臥れたという顔をして、居間にあがってきた。

「雑司ヶ谷……」

「新太の実家へ行ったんです。年の離れた兄貴夫婦と話をしてきましたが、新太は実家にはいませんでした」

「ふむ」

「だけど、おかしなことがあるんです。おれより早く新太を探しに来た男がいたんです」

「なに……」

伝次郎は眉宇をひそめた。

「名前はわかっていませんが、男は小柄で鼠顔だったらしいです。年は三十過ぎだけど、四十には届いていないだろうという話です。その男が新太の実家を訪ねたのは昨日の夕方だったと……。旦那、おれも一杯いいですか」

「かまわぬ、勝手にやれ。しかし、それは気になる話だ」

「おれも気になっているんです。何だか町の与太者にも見えたらしいんで……」

「新太はそんな連中との付き合いがあったのだろうか？」

「いえ、いろいろ聞き調べたかぎり、付き合いはなかったはずです。新太は親切な男で小心者です。番屋にも真面目に勤めていたし、新太を悪く言う者はいません。だけど、やつが金を持って逃げたとするなら……」

「新太はもちろん、徳兵衛と猪吉が運んだ風呂敷包みの箱を探しているということになるか……」

「その箱が山城屋から盗まれた金箱だったらあり得ることでしょうが、それにしても、どうして新太が持ち逃げしたと知ったんでしょう？」

「徳兵衛らが番屋から風呂敷包みの箱を持ちだしたあとで、米倉清三郎が番屋を訪ねてきている。そして米倉は、徳兵衛が大家の家に行ったと聞くと、そっちへ向かった」

「そうでしたね」

与茂七はそう言ってから、千草が茹でておいた衣かつぎを二人の前に置いた。

「米倉清三郎が賊だったとすれば、そして長五郎もその仲間だったと考えれば、辻褄は合ってくるのだが、その辺のところがよくわからぬ」

伝次郎は衣かつぎを手に取り、皮を剝いた。

「米倉のことはわからなかったんで……」

「今日はほうぼうを訪ね歩いて聞きまわったが、何もわからずだ」

「お疲れですね」

与茂七は衣かつぎを口に入れ、

「何かとっかかりを見つけられればいいんですがねえ。それがねえ……」

と、口をもごもご動かしたあとで、新太の人相書を作りたいと言った。

「作るべきであるな。明日、絵師を連れて中島町の番屋に行くとよい」

「へえ、そうします」

与茂七が答えたとき、玄関から粂吉の声が聞こえてきた。伝次郎がかまわぬから入れと応じると、粂吉がすぐに居間の前にあらわれた。

「旦那、米倉清三郎のことがわかりました」

「なに」

伝次郎は目を光らせた。

「やつは〝化沼（ばけぬま）の清三郎〟と呼ばれる盗賊の頭です。米倉なんて苗字（みようじ）はありません」

「まことに……」

「五年ほど前に北町の旦那たちの手にかかり、捕まった盗人がいるんですが、そやつの仲間が化沼の清三郎でした。ですが、清三郎はめったに自分で動かず、手下に指図するだけの狡賢（ずるがしこ）い野郎で、うまく捕り方の目をかいくぐっていると言います」

「そのこと、北町の者から聞いたのか？」

「いえ、北町の旦那の助（すけ）をしている小者の手先です。たしかなことですよ」

粂吉の目に力が入っていた。

「すると、やはり山城屋の金蔵を破ったのは、その化沼の清三郎だった。そうか、そういうことであったか」

伝次郎は宙の一点を凝視してつぶやき、

「それで清三郎の居所は？」

と、粂吉に顔を戻した。

「それはわかりませんが、やつには囲っている女がいると言います。元は両国の料理屋の仲居で、お吉という名だそうです。年は二十五、六だと言います」

「その料理屋は？」

「〈さわ屋〉と聞いています」

「よし、明日も清三郎を探そう」

調べにはずみのついた感触を得た伝次郎は、ぐい呑みの酒をほした。

七

伝次郎と粂吉は翌朝、両国のさわ屋を訪ねたが、店の暖簾は掛けられていなかった。そのことを端から承知していた伝次郎は、かまわずに表戸をたたいて声をかけた。

戸が開けられるまで待たなければならなかったが、姿を見せたのは若い板前だった。

「南町の沢村伝次郎と申す。聞きたいことがあるので主に取り次いでくれ」

若い板前は相手が町方だと知り、表情をかたくしてすぐに店の奥に消えた。ほどなくして利兵衛という主があらわれた。年寄りだと思っていたが、まだ四十ぐらいの男だった。

「何でございましょう？」

商売人らしく腰は低いが、やはり緊張の面持ちだ。

「あることで、ここに勤めていたお吉のことを訊ねたいのだ。この店で仲居をやっていたと聞いたのだが、知っておるか？」

「お吉……さあ、わたしは存じあげませんが、なかにお入りになってしばらくお待ちください」

主はすぐに店の奥に消えた。伝次郎と粂吉は、店の上がり口の前で待った。広い式台があり、廊下が奥までつづいている。両脇に客間があるのがわかった。両国でも三本の指に入る、一流の料理屋である。

主は六十過ぎと思われる母親を連れて戻ってきた。

「お吉はたしかにうちにいた仲居ですが、そのお吉でしょうか？」

「おそらくそのはずだ。どこに住んでいるかわからぬか？」

「さあ、お吉の住まいはわかりません。うちにいたお吉なら、三年ほど前にやめていますので……」

「やめてどこへ行ったかもわからぬと」

「噂ではうちの贔屓客に見初められ妾になったと聞いていますが……。旦那は何でも塩の仲買人だとか……。わたしにはそれぐらいしかわかりません。詳しいことならお順という仲居頭が知っているはずです。でも、お吉が何かやらかしましたか？」

「そういうことではない。ある調べごとがあり、是非にも聞きたいことがあるのだ。そのお順という仲居頭の家を教えてくれないか」

お順の住まいを聞いた伝次郎と粂吉は、すぐにさわ屋をあとにした。

「旦那、お吉の居所がわかれば、一気にこの一件に片がつくのでは……」

条吉が期待顔を向けてくる。

「そうであることを祈りたい」

伝次郎は先を急ぐように歩きながら応じた。

お順は横山同朋町にある長屋住まいだった。伝次郎と条吉が訪ねたとき、お順は井戸端で洗い物をしていた。

「さわ屋にいたお吉ならよく知っていますが、あの子が何かやらかしましたか？」

お順は濡れた手を前垂れで拭きながら答えた。朝日を受ける顔のしわが年齢を物語っていた。おそらく五十に手の届く年だろう。

「聞きたいことがあるだけだ。お吉は塩の仲買に囲われたと聞いている。そのこと知っているか？」

「清三郎という旦那ですよ。しばらくさわ屋の上得意だったんですけど、お吉を囲うようになってからはぱったりです」

清三郎と聞いた伝次郎は一度、条吉と目を見交わし、

「清三郎はこの男ではないか……」

と、人相書を見せた。

お順はすぐに目をまるくして驚いた。

「そうです。この人です。この人、何をしたんです？」

「調べていることがあり、その疑いがあるだけだ。お吉の居所がわかっていれば知りたいのだが……」

「前に住んでいた家は引き払っているので、どこに住んでいるかは知りませんが、うちの若い仲居が何度か東両国で会ったと言っていました。ずいぶんいい着物を着て羽振りよさそうにしていたらしいです」

「その仲居はお吉の住まいを知っているだろうか？」

「聞いているかもしれません」

伝次郎は目を輝かせた。

「その子はおてんと言うんですけど、店に出てくるのは八つ（午後二時）過ぎです。それまでは、豆腐屋で手伝い仕事をしているはずです」

おてんが手伝い仕事をしている豆腐屋は、橘町（たちばなちょう）四丁目にあった。

商売の邪魔にならないように表での立ち話となったが、伝次郎が用件を手短に話すと、おてんはお吉と会ったときのことを詳しく語った。

「お吉ちゃんは器量よしで人気者だったから、いつか口説かれるだろうなとわたしが思っていると案の定でした。それも分限者らしい人に口説かれて妾になって、幸せそうでしたよ。どこに住んでいるのって訊ねると、いまは本所の北のほう、吾妻橋に近いところだと教えてくれました。どこの町なのかは聞きませんでしたが……」

「それはいつのことだね」

「三月ほど前です」

おてんはそれ以上、お吉については知らなかった。だが、伝次郎にはようやく調べに目鼻がついてきたという確信があった。

「粂吉、お吉の家は吾妻橋の近く、北本所だと見て間違いないだろう」

「ようやく大きな手掛かりをつかむことができましたね」

「おまえのおかげだ」

伝次郎は北本所に向かうために足を急がせた。猪牙舟ではなく、そのまま歩きとなったが、そのほうが聞き込みには適している。

できるならお吉の人相書を作りたいが、それは聞き調べの結果次第でよいと、伝次郎は判断していた。

その頃、与茂七は深川北川町の新太の長屋を訪ねていた。やはり、新太が帰ってきた気配はなかった。腰高障子は閉められたままで、ひっそりしていた。念のために声をかけ、戸に手をやり引き開けた。家のなかは先日見たときと変わらず、ひっそりしていた。二匹の蝿が飛んでいるぐらいで、三和土に一足の下駄があるだけだった。その下駄は先日も見ているが、動かされた形跡はなかった。

「今度はどなたですか？」

背後から声をかけられたので振り返ると、隣の家に住む隠居老人だった。与茂七には何度か会っているので、

「ああ、あんたでしたか……新太さんは帰ってきてませんよ。どうなってるんですかね」

と、呑気そうに雲の多くなった空を見あげた。

「ご隠居、今度はって言ったけど、おれの前に誰か訪ねてきたのかい？」

「ああ、あんまり顔を見ない男が二人来たよ。新太さんが戻っていないかと聞いて、戻っていないと言うと、そのまま帰って行きましたよ」

「どんな男でした?」

「ひとりは何だか体つきのよい男だったね。厳めしいとっつきにくい顔をしていた。もうひとりは小柄で小さな顔をしていた。名前は聞いちゃいないよ」

「小柄で小さな顔というのは、ひょっとして鼠に似てなかったですか?」

隠居は「ほう」と口をすぼめ、そう言われれば鼠に似ていたかもしれないと答えた。

与茂七はキラッと目を光らせると、

「その二人が来たのはいつだね?」

「なに、いましがただよ。あんたが来る少し前だよ」

「どっちに行きました?」

「木戸口を出て右に行ったよ」

与茂七はすぐに長屋を飛び出した。

第五章　見張り

一

「おい、ちょいと待ってくれ」

声をかけると、男は驚いたように振り返った。

「なんだ、あんたか……」

条吉を見た男は安堵(あんど)の表情を浮かべたが、そばに立つ伝次郎を見るとまた表情をかためた。

「南町の沢村だ。少し聞きたいことがある」

伝次郎は名乗ってから男に近づいた。男は長五郎が盗んだと思われる舟の持ち主で、又一という名だった。瓦屋の男らしく、黒く煤けた顔をしていた。

「何でしょう」

「舟が盗まれる前に、あやしげな男を見なかったか？　見慣れない男がこのあたりをうろついていたとか、舟を物色していたとか、そんなやつがいなかっただろうか？」

又一は少し視線を彷徨わせた。

そこは又一の舟をつけてある中之郷瓦町の荷揚場だった。近くの河岸にも瓦を積んでいる舟が見られた。

「いやあ、見ませんでしたね。いたとしても、気づかなかったのかもしれませんが……」

「条吉から長五郎という男のことは聞いていると思うが、この男を見たことはないかね」

伝次郎は〝化沼の清三郎〟の人相書を見せた。又一はしげしげと眺めていたが、首を振って見たことはないと言った。

「さようか。では、お吉という女を知らぬか？　この辺に住んでいるらしいのだが、年は二十五ぐらいだ。なかなかの器量よしらしい」

「お吉……ひとりいますが、もう結構な年増だから違うでしょう」

伝次郎はそれ以上聞いても無駄だと判断し、仕事の邪魔をしたと言って河岸道を源森橋のほうに後戻りした。

「長五郎はこの町で又一の舟を盗んでいる。そして、お吉はこの近くに住んでいる。そのことを考えれば、清三郎とその仲間がこの近くをうろついていたと思ったのだが……」

伝次郎は期待外れの聞き込みをめずらしくぼやいた。

「旦那、それよりお吉のことを」

粂吉が顔を向けてきた。

「うむ、そうであるな。それで考えたことがある」

伝次郎は立ち止まって、戻ってきた河岸道を振り返った。

「何でしょう？」

「お吉は清三郎の囲われ者だ。身のまわりの世話だけでなく、食事も作るはずだ。そのためには買い物をしなければならぬ。お吉を知っている者は必ずいる」

「この辺の八百屋や惣菜屋には出入りしていませんでしたが……」

「おてんは三月前にお吉に会っている。そのとき本所の北、吾妻橋の近くに住んでいると話している」

「そうでしたね」

「吾妻橋より、もっと下かもしれぬ」

伝次郎はそう言うなり歩き出していた。

「お吉の人相書を作りますか？」

「それはこれからの調べ次第でよいだろう。今日はその手間を省く。粂吉、おまえは女房連中が買い物をしそうな店をあたれ、おれは番屋で話を聞くことにする」

「へえ」

二人は手分けしてお吉探しをはじめた。

曇り空ではあるが、日は雲の隙間から町屋に光を落としていた。

伝次郎は吾妻橋の東詰に近い町屋にある自身番から聞き込みを開始した。まずは中之郷竹町である。お吉という名の女はいるにはいたが、名前違いだとわかる。

だが、自身番を出ようとしたとき、若い店番が声をかけてきた。伝次郎が振り返

って、何だと問うと、

「長屋住まいではなく、すぐそばの寺の近くに一軒家があります。小さな家ですが、そこに住んでいるのもお吉という名の女だったはずです。きれいな女で、年も二十五、六に見えます」

伝次郎はぴくっと片眉を動かして、その家の詳しい場所を聞き、早速足を向けた。

店番の教えてくれた一軒家は、霊光寺(りょうこうじ)という寺の西側にあった。

三十坪ほどの小さな家で二階建てだ。二階の庇(ひさし)に洗濯物が干してあった。数足の白足袋と赤い腰巻き、そして褌(ふんどし)……。

(ここだったか)

胸中でつぶやく伝次郎は、獲物を見つけた獣のように目を光らせた。

念のために近所に聞き込みをかけると、清三郎の妾になっているお吉が住んでいることも、清三郎も出入りしていることもわかった。さらに、他に二、三人の男の出入りもあるという。

戸口は閉められており、雨戸も閉めてあるので、留守のようだが、二階の洗濯物を見るかぎり、遠出はしていないはずだ。

伝次郎は踵を返すと、粂吉を探すことにした。粂吉は竹町河岸の前で魚屋の棒手振りと話をしていた。伝次郎が声をかけると、凡庸な顔を向けてきて、

「旦那、お吉に似た女がこの町にいるようです」

と、言った。

「うむ。もうその住まいも見つけた」

「え、そうなんですか」

粂吉はそう応じてから、呼び止めていた魚屋にもう行っていいと言った。

「これから見張る。お吉は近所に出かけているようだ」

「家はどこなんです?」

「ついてこい」

伝次郎はお吉が住んでいる家に引き返しながら、近所で聞き調べたことをざっと話してやった。

「すると、その家が賊の隠れ家になっているのかもしれませんね」

そう考えてもおかしくないはずだった。

粂吉はお吉の家を見るなり、

「旦那、どこで見張ります」

と、あたりを見まわした。

お吉の家のそばに一軒の畳屋があり、そこからなら戸口を見張ることができた。

二

日本橋の魚河岸で仕入れをすませた千草は、魚や貝を入れた籠(かご)を持って日本橋の大通りを歩いていた。

仕入れの帰りにこの通りを歩くことは滅多にないが、大商家が軒を列ねているせいか、他の町と違って華やいだ空気があり、千草の気持ちも何となく高揚してくる。

色とりどりの暖簾が緩やかな風に揺れ、屋根看板や真っ白い障子がまばゆいほどだ。母親と歩く若い娘は艶(あで)やかで、商家から送り出される客も品がよい。侍や旅人、そして行商人の姿もあるが、うらぶれたなりをしている者は少ない。

大きな紅白粉(べにおしろい)問屋の店先で立ち止まれば、化粧(けわい)の品に目移りする。呉服屋を暖簾越しにのぞき込めば、新しい着物を誂(あつら)えたくなる。

（贅沢はいけません）

千草は内心でつぶやき、足を進める。

煎餅屋や饅頭屋の呼び込みがある。米問屋の天水桶で丸くなって昼寝をしていた猫が、大きな欠伸をした。

千草は南伝馬町二丁目にある小間物問屋・高田屋の前で足を止めた。幸助といっしょになるというお菊の家だ。

暖簾越しにのぞき込んで見るが、もちろんお菊の姿はない。大きな商家はどこもそうだが、女は店の表に出ることはない。まして箱入り娘となればなおさらのことだ。

幸助からお菊のことを聞かされているので、どんな器量よしだろうかと楽しみにしていたが、やはり姿を見ることはできなかった。

ひょいと首をすくめて三丁目に足を運び、今度は紙問屋・但馬屋を見つけた。幸助はこの店の番頭である。

（へえ、こんなに大きなお店だったの）

もう少し規模の小さい店だろうと勝手に思っていたが、予想に反していた。間口は四間（けん）（約七・三メートル）ほどあり、奥行きもありそうだ。紙問屋らしく、真っ白い暖簾に「但馬屋」という文字が躍っていた。

千草が暖簾をくぐると、すぐに「いらっしゃいませ」という丁寧な声が飛んできた。帳場に頭髪の薄い番頭が座っており、土間にも帳場の横にもいろんな種類の紙が束ねられていた。檀紙（だんし）に奉書（ほうしょ）、二枚合わせの楮紙（こうぞがみ）、鳥の子（とりのこ）と呼ばれる雁皮紙（がんぴし）、色柄つきの障子紙や唐紙（からかみ）もある。

「何かご用でございましょうか？」

口の端に笑みを浮かべた手代がやわらかな声をかけてきた。

「ええ、あの番頭の幸助さんはいらっしゃいますか？」

「幸助ですか……」

手代は帳場に座っている年寄りの番頭と一度顔を見合わせ、

「お知り合いですか？」

と、問い返してきた。

「こちらの番頭さんのはずなんですが……。あ、わたしは本八丁堀で小さな料理屋をやっている者なのです。幸助さんにご贔屓をいただいているので、訪ねてきただけなのですが……」

年寄りの番頭は苦い顔をしてから口を開いた。

「困ったことに昨日から仕事に来ていないんです。こんなことは初めてなのですが、何かご存じありませんか？」

「は……」

千草は目をしばたたいた。

「長屋のほうにもいないんです。ひょっとして急な病にでもかかって床に臥せっているのではないかと心配になり、店の者を見に行かせたのですが、家にもいないんです」

「どういうことでしょう」

「それはうちが知りたいことです。真面目な男なので、黙って店を休むなんてことはないのですが……」

「はあ、そうでしたか」

「もう一度今夜にでも見に行こうと思ってはいるんですけれど、おかしなことです」

「それはお困りでしょうに」

「仕事のできる男なので、ほんとに困ったことです」

年寄りの番頭は白髪交じりの眉を垂れ下げてため息をついた。

「もし、うちの店に見えたら、心配されていることを話しておきます」

千草はそう言ってから但馬屋を出た。

何だか妙な胸騒ぎを覚えた。先日、幸助はどこか頼りなげな笑みを浮かべて、近々店をやめることにしたと言った。

それから、

――これからはお菊さんといっしょにやっていくと決めたのです。そう肚を括りまして……。

と、言ったが、あのときの顔にはどこか心許ない暗い翳があった。

しかし、幸助は千草のもう一度お菊とよく話すべきだという勧めに従い、いっしょになることを誓い合ったふうであった。

(まさか、お菊さんもいないのでは……)

通りに出た千草は高田屋のほうを振り返った。そのままお菊を訪ねてみようかと思ったが、先に幸助の長屋に行くべきだと思い直し、足を急がせた。

千草は幸助の住まいを聞いている。本八丁堀三丁目にある甚助店だ。

長屋の木戸口を入ると、住人たちの名を記した木札が長屋の壁に掛けてあった。

そのなかに幸助の名前はあった。

どぶ板の走る路地に入り、幸助の家の前で立ち止まると、

「いませんよ」

と、赤子（あかご）を負ぶった女房に声をかけられた。

「いないって幸助さんが……」

千草は女房の顔を見て聞いた。

「へえ、旅に行かれたんです。今朝、そんな出（い）で立ちだったので、どこへ行くんですかと聞いたら、そう遠くではないよと、行き先は教えてくれませんでした」

「今朝はいたのね」

「昨夜は留守だったみたいですけど、今朝帰ってきて旅支度をして出て行かれたんです」

「行き先はわからないのね」

「教えてくれなかったですから」

千草は曇った空をあおぎ見てから長屋を出たが、心がざわついていた。

一度店に仕入れた魚と貝を置くと、そのまま高田屋に向かった。もしお菊がいなければ、幸助といっしょかもしれない。その予感があたっているような気がしてならなかった。

三

日が暮れかかってきた。

夕日は厚い雲の向こうにぼやけている。清三郎の仲間と思われる二人を追っていた与茂七だったが、ついに見つけることはできなかった。新太の行方もわからずじまいである。

新太探しを打ち切った与茂七は、伝次郎と粂吉がどこにいるのかが気になった。本所の北のほうにいるのはたしかだろうが、むやみに行っても会えるとはかぎらない。

ひょっとすると伝次郎も探索を切りあげているかもしれないと、ずぼらな考えを起こして川口町の屋敷に戻ったのだが、玄関の戸に差し込まれている紙切れに気づいた。

何だろうと思って開くと、それは伝次郎からの伝言だった。おそらく使いの者にわたしたのだろう。

与茂七は一読するなりカッと目を見開き、家を飛び出した。伝次郎と粂吉は清三郎の妾・お吉の家を突きとめて見張っている。

与茂七は表の道に駆けだしたが、急に立ち止まって来た道を引き返した。伝次郎の舟で行こうと思い立ったのだ。

舟の扱いは何度か習っているし、それなりに操ることができる。歩いて行くより舟のほうが早いはずだ。

亀島橋の袂に置いてある猪牙舟に飛び乗ると、急いで舫いをほどき、棹をつかんで岸を押した。猪牙舟はすいっと前に進む。伝次郎ほどではないが、前に進めることができる。川底に強く棹を突き立てるたびに、猪牙舟はぐい、ぐいっと力強く前に進む。

日本橋川を突っ切り崩橋(くずれ)、永久橋(えいきゅう)とくぐり、大川に出た。流れに逆らうことになるので、棹を置いて櫓を漕ぐ。

腕を動かすたびに、櫓と櫓臍がこすれて「ギッ、ギッ」と、軋み音を立てる。

川を上るときは、岸に近いところを漕いでいかなければならない。下りの舟は川の中ほどを選んでやってくるからだ。

与茂七は伝次郎の教えを守って櫓を漕ぎつづける。すぐに息が切れそうになった。それに上りは、流れに逆らうので普段使わない力を要する。

「こんなにきつかったんだ」

愚痴が声となってこぼれる。

彼岸花の咲き乱れる大川端を横目に猪牙舟を進めるが、両国橋をくぐり抜けたときは大汗をかいていた。息が切れ、額から流れる汗が目に入ってしみた。

「こんなにきついんだったら、歩いたほうがよかったな」

独り言を漏らすが、喘(あえ)ぎ喘ぎの声になっていた。

与茂七は少し休んで諸肌(もろはだ)脱ぎになって櫓をつかみ直す。伝次郎は平然と猪牙舟を操っているが、こんなに力がいるとは思ってもいなかった。いまさらではあるが、船頭とは力仕事なのだと思い知らされる。

川面がだんだん暗くなっている。夕日は射していないが、それでも川はかすかな光を照り返していた。

下ってくる猪牙舟や高瀬舟があった。あっという間に擦れ違い、遠ざかる。

（下りは楽そうだな）

もう声に出せないので、内心でつぶやく。

御米蔵を過ぎ、駒形堂の近くまで来たとき、与茂七は竹町河岸に猪牙舟を向けた。伝次郎と条吉は中之郷竹町の畳屋で見張っている。

早く行かなければと、気は急いているが、漕ぎ疲れて息があがっていた。竹町之渡しのある揚がり場の近くに猪牙舟を舫ったときはヘトヘトになっていた。船頭仕事のしんどさを思い知った与茂七は、すっかり夕闇の立ち込めた河岸地にあがり、伝次郎と条吉のいる畳屋を目指した。


伝次郎と条吉は伊助という畳屋の土間の腰掛けに座り、お吉の家を見張りつづけていた。いつしか日は翳り、通りを行き交う人の顔が暗くなっていた。

「旦那、与茂七です」

条吉が気づいて伝次郎を見た。与茂七がよろめくような足取りで、あたりを見まわしながら近づいてくるのが見えた。

「ここだ」

伝次郎は腰高障子を小さく開いて与茂七に顎をしゃくった。

「ここでしたか……」

そういう与茂七の呼吸が乱れていた。

「どうした汗びっしょりではないか。さては駆けてきたか」

「いえ、旦那の猪牙でやって来たんです。川を上るのがあんなにしんどいとは思いませんでした」

伝次郎は片眉を動かして、

「おれの舟で……」

と、水を飲みたいと言う与茂七をあらためて見た。

「すいません、いけませんでしたか。そっちのほうが早いと思ったんです」

「ま、いい。水を飲んでこい」

伝次郎と粂吉が見張りに戻ると、水を飲んできた与茂七がそばに来た。

「新太の行方はわかりません。ですが、やつの長屋を清三郎の仲間が訪ねています」

「いつのことだ？」

伝次郎はさっと与茂七を見た。

「昼間です。おれが新太の長屋に行く少し前のことです。擦れ違ったかもしれないと思い探したんですが、見つけることはできませんでした。それで、考えたんです。おれは新太の顔を知りません。粂さんは会ったことがあるから新太を知っていますよね」

与茂七に言われた粂吉はうなずいた。

「新太の人相書を作るか、新太探しは粂さんにまかせたほうがいいような気がするんですが……」

伝次郎はお吉の家から視線を外して与茂七と粂吉を見た。

「よかろう。新太のことは粂吉に頼もう。だがその前に、お吉の家には清三郎が出入りしている。ここ二日ばかりその姿は見られていないが、今夜あたり帰ってくるかもしれぬ」

あの家がそうだと、伝次郎は与茂七に教えた。

お吉の家は昼間と同じで戸口が閉められたままだ。お吉も帰ってくる様子がない。

しかし、遠くには行っていないはずだ。

「あの家には清三郎の他に三人の男の出入りがある。ひとりは長五郎、もうひとりは鼠顔、もうひとりは体のいかつい男だ」

そのことを伝次郎は見張場にしている伊助にも聞いたし、粂吉が近所でも聞いていた。

「すると、長五郎は賊の仲間だったってことですか？」

「そういうことだ」

「それじゃ、新太も仲間だったんですか？」

与茂七は目をしばたたく。人心地ついたらしく呼吸は乱れていなかった。

「それはわからぬ。だが、やつらは新太を探している」

「なぜ、そんなことを……」

「おそらく新太が金を持ち逃げしているからだろう」

答えたのは粂吉だった。

「もしそうなら、新太が中島町の番屋の親方と猪吉を殺したってことになりますね」

伝次郎は黙ったまま、お吉の家と目の前の通りに視線を注ぐ。

「おれ、いろいろと考えたんです。新太が賊の仲間だったら、なぜあの野分の晩に番屋にいたのかってことを。もし、賊の仲間だったら、番屋仕事なんかしなかったんじゃないかって思うんです。清三郎の仲間なら山城屋の金蔵を破る助をしたはずです。それなのに、やつは番屋にいた」

「だが、その番屋に山城屋の金箱があった」

粂吉だった。

伝次郎はすっかり暗くなった表を見ているだけだ。

「長五郎は金箱を舟に載せて川を下り、そして舟から投げ出されて死んだ。舟は石川島の近くまで流れ、長五郎は明石町の近くで見つかった。なのに、舟にあった金箱は中島町の番屋にあった。どうして、そうなったんです？」

与茂七は伝次郎と粂吉を交互に見る。

「いかにも面妖なことだが、その答えを知っているのは新太だろう」

伝次郎は与茂七を振り返って答えた。

そのとき、粂吉が緊迫した声を漏らした。

「旦那、あの女……」

粂吉は通りを歩いてくるひとりの女を凝視していた。

四

伝次郎は目の前を歩き去った女を見送った。

柳腰をしたその女はお吉の家に入り、一度表を見て戸を閉めた。間もなくして腰高障子に家のなかの灯りが映った。

伝次郎は通りに注意の目を向けた。粂吉も与茂七も息を殺して表を見ている。

「あれがお吉か……」

伝次郎がつぶやく。

「あの女は風呂敷包みを持っていましたね」

粂吉は見るところを見ている。

「うむ。清三郎とその仲間も帰ってくるのか……」

伝次郎はまたつぶやく。

「旦那、いまの女がお吉かどうかたしかめてきましょうか……」

粂吉が顔を向けてきた。自分のことは相手にはわかっていないはずだと言う。

「……よし、行ってこい。ただし、裏から出て行け」

伝次郎は短く考えてから、そう指図した。

粂吉が見張場をそっと離れ、畳屋の裏から出て行った。伝次郎と与茂七はそのまま表に注意の目を向けた。

清三郎とその仲間がやってくる気配はない。表はすっかり夜の帳が下りていて暗くなっている。

通りの向こう側は旗本屋敷の長塀だ。塀際には幅一間ほどの下水が流れている。通りは閑散としており、伊助の畳屋の並びに居酒屋と小料理屋があり、その店の灯りが暗い通りにこぼれていた。

しばらくして、粂吉がお吉の家の戸口に立ったのが見えた。粂吉は短いやり取りをして引き返し、伝次郎の視界から消えたが、間もなくして裏口から戻ってきた。

「お吉でした。清三郎は今夜は帰ってこないそうですが、明日にはいるだろうと言いました」

伝次郎は眉間にしわを寄せた。

「まさか、清三郎の名を出したのではないだろうな」

もし、そうなら警戒される。しかし、粂吉は心得ていた。

「名は出しません。あっしは近所に新しく来た御用聞きで、何か物入りがあればこれからよろしく頼むと言い、他に家の人はいないのかと聞いただけです。お吉は家の人は明日には帰ってくると、そう言いました」

「旦那、どうします？」

与茂七が見てくる。伝次郎は思案した。お吉の家を訪ねて座り込むこともできる。お吉を人質に取ってもよいが、それはあまりいい策には思えない。

「いま清三郎がどこにいるのか、それを聞き出すことは難しいか……」

「お吉に問えば疑われます」

粂吉が答える。

「お吉が清三郎の正体を知っていれば当然であろう。よし、今夜は引きあげよう。ただし、明日の朝早くからここで見張りをはじめる」

伝次郎はそう言って腰掛けから立ちあがった。

「新太のことはどうします？」

猪牙舟に乗り込んですぐ、粂吉が聞いてきた。

舫いをほどき、棹をつかんだ伝次郎は、暗い川面を短く眺めてから答えた。

「明日の朝からお吉のあの家を見張る。新太のことは気になるが、まずは清三郎を押さえる。そっちを先にする」

「わかりました」

伝次郎は棹で岩壁を押した。猪牙舟は暗い大川をゆっくり下りはじめた。舟提灯の灯りが、ゆらゆらと川面に映り込んでいる。ときおり雲の切れ間からのぞく月が光を投げ落とし、そのときだけ水面がわずかにあかるくなった。

「それにしても新太はどこにいるのだ」

伝次郎は棹を使いながら本所の町を眺めた。

町は濃い闇に包まれているが、ところどころに蛍のような夜商いの店の灯りが浮かんで見える。

「新太は小心者です。友達も少ないようですし、中島町の番屋に勤めるようになってからは人付き合いもあまりしていません。それだけ探しやすいと思ったんですが、長屋の連中も同じ番屋詰めの者も、行き先にはさっぱり心あたりがないと言います。やつが大金を持っているなら、どんな金の使い方をするだろうかと考えたんですが……」

与茂七が自分の疑問を口にした。

「おまえならどうする」

伝次郎は艫に立ち、棹を使いながら問うた。与茂七は自分の考えを口にしたが、それは誰もが考えるようなことだった。

「新太が臆病な男なら、大金を自分のものにしてもすぐには金遣いは荒くならぬかもしれぬ。もし、清三郎との繋がりがあるなら、すでに江戸を離れ遠くに行っているかもしれぬ。どんな小心者でも一生に一度くらいは、大胆なことをやることがある」

「すると、もう江戸にはいないかもしれないと……」

「あくまでも勝手な考えだ。その逆で、じつはまだ深川あたりにいるかもしれぬ」

「旦那、あっしはそう思います」

　粂吉だった。伝次郎はそういう粂吉を見た。

「これまでの聞き込みで新太の気性はおおむねわかっています。気の小さい男だけど、その分親切な男。そうでしたね」

　伝次郎と与茂七は同時にうなずいた。

「親切をされる者は、親切をしてくれる者に気を許し、また親切を返す。それが人っていうもんだと思うんです。新太が困っているときに、親身になって助をしてくれる者がいてもおかしくない気がします」

「粂さん、すると深川にそんな人がいて、新太を匿っているかもしれないと……」

　与茂七だった。

「いてもおかしくないと思うんだ」

　この二人のやり取りを聞いた伝次郎の頭に閃くものがあった。粂吉の言うことはあたっているかもしれない。

　これまで聞いた新太の人となりは、賊に相応しくない。とても清三郎に関わっているとは思えない。

「粂吉」

伝次郎は棹を右舷から左舷に移して声をかけた。

「明日は早くからお吉の家を見張るが、その様子次第で新太探しをやってくれ。中島町の番屋で、新太が親切を施し、それに報いていた者がいるかもしれぬ。その者を探るんだ。数はおそらく多くないだろう。いてもひとりか二人」

「承知しました」

粂吉の返事を聞いた伝次郎は、暗い闇に呑まれている川下に目をやり、すべての謎が解けるのは遠い先のことではないような気がした。

五

千草の店は夕刻から客足が絶えなかったが、五つ前にはすべての客が帰ったので、暖簾を下ろして片づけにかかった。

忙しいときは余計なことを考えずにすむが、急に静かになると、心に引っかかっていることが頭をもたげる。

気になるのは幸助とお菊のことだ。幸助は旅支度をして今朝早く長屋を出ている。勤め先の店には昨日から出ていない。

幸助は但馬屋の大事な番頭だ。それも真面目な男だった。そんな男が店に断りもなく休み、そして旅に出た。

そのことを知ったとき、千草の頭に真っ先に浮かんだのは、

──駆け落ち

という言葉だった。

だから、高田屋に足を運びお菊の所在を訊ねた。女中が店にいると教えてくれたので胸を撫で下ろしたが、またそのあとで心配になった。

この前、幸助が店に来たときに口にした言葉が頭のなかに甦ったのだ。

──近々、わたしは店をやめることにしました。

幸助は店に断りもなく休んで旅に出ている。

さらに、幸助はこうも言った。

──これからはお菊さんといっしょにやっていくと決めたのです。

幸助はそう言って弱々しい笑みを浮かべた。

いま思い返せば、どこか頼りなげでもの淋しい顔だった。それ故に余計に気になるのだ。単なる思い過ごしならよいがと、千草は洗い物を片づけて店を出た。

夜風がいつもより冷たくなっていた。空に浮かぶ月も雲の陰に隠れている。

千草は提灯で足許を照らしながら家路を辿ったが、はたと立ち止まり背後を振り返った。

ひょっとすると、幸助が長屋に戻っているかもしれないと思ったのだ。

こんなことで気を揉みたくはないが、どうしてもたしかめたくなった。胸のうちは、自分の責任かもしれないという罪悪感に苛(さいな)まれていた。

お菊は内村政之進という旗本の子息に見初められ、嫁に行くことになっていた。そのお菊と幸助は将来を誓い合った仲だったのに、幸助は裏切られたと意気消沈(いきしょうちん)していた。そんな幸助の相談を受けて、千草はもう一度よく話すべきだと助言したのだ。

その助言が間違っていたかもしれない、という後悔の念が生まれている。

幸助の長屋の路地に入った。腰高障子は家のなかの灯りであかるく、あちこちから笑い声や痴話喧嘩の声が聞こえてくるが、幸助の家は暗くひっそりしている。

試しに戸を小さくたたいてみたが、やはり応答はなかった。

(帰っていないんだわ)

千草はそのまま長屋を出た。心配ではあるが、家に帰ることにした。

「お疲れ様でした」

家に帰るなり、与茂七が元気な声で迎えてくれた。伝次郎と酒を飲んでいたらしく、いつものように陽気な顔をしている。

「あなたもお疲れじゃないの」

「なに、おれはまだ若いですから。おかみさんが作り置いてくれた肴で一杯やってんです」

「そんな顔をしているわ」

居間の前に行くと伝次郎が、ご苦労様と声をかけてくれた。

「一段落したのでしょうか?」

「まだまだですよ」

問いかけに答えるのは与茂七だ。

「何だか疲れた顔をしているな。忙しかったのか？」

伝次郎がぐい呑みを宙に浮かしたまま聞いてきた。

「忙しいのはいいのですけれど、心配事があるんです」

「心配事……」

「ええ、わたしの勝手な思い過ごしならよいのですが、気になるとどんどん気になって……」

「どういうことだ？」

千草は居間にあがった。与茂七が一杯やりますかと聞くので、

「いただくわ」

と、応じた。

千草は与茂七の酌を受けてから幸助とお菊の話をざっとした。

伝次郎と与茂七は黙って聞いていたが、話し終えると、

「そりゃ、駆け落ちでもする気じゃないですか」

と、与茂七が気になっていることを口にし、さらに言葉を足す。

「まさか無理心中なんてことはないでしょうね」

「他人事(ひとごと)だと思って軽口をたたくんじゃないわよ」

千草はキッとした目で与茂七をにらんだ。普段はしとやかな女だが、江戸っ子特有の姐御肌(あねごはだ)も持ち合わせているのが千草だ。与茂七はひょいと首をすくめたが、悪びれた顔ではなかった。

「お菊とその内村政之進殿とはどうなっているのだ？　幸助という番頭はお菊と話し合って、またいっしょになると言ったらしいが……」

伝次郎だった。

「そのことはよくわかりません。お菊さんのご両親は、内村様との縁談を喜んでいらっしゃるらしいのですが、内村様は両親から反対されているようなことを聞いています」

「そりゃあ高田屋にとってはいい話ですからね。親が喜ぶのはもっともでしょう」

与茂七が能天気なことを言う。

「政之進殿の親御様は、お菊を娶るのを快く思われていないというのもうなずける。それはもっともなことだろう。家柄も身分も違うからな。家督を継ぐご子息であればなおさらのことであろう」

「それでも政之進様はお菊さんをもらいたがっていらっしゃった。その後、どんな話になっているのかわかりませんが、気になるのはやはり、幸助さんのことです」

「おかみさん、その幸助という番頭とお菊さんはよく話し合って、いっしょになると決めたと言ったんですよね」

与茂七が手酌しながら問いかける。

「そう聞いたわ」

「もし、お菊さんが親の許しも得ずに幸助さんといっしょになるつもりなら、駆け落ちか心中しかないじゃありませんか。だって幸助は店に断りもなく休んでいるんでしょう」

「与茂七、あんたは不吉なことしか言わないわね。わたしは眠れなくなるじゃない」

「へえ、すいません」

「飲み過ぎないようにその辺にしておきなさい。明日もお役目があるんでしょう」

「与茂七、その辺にしておけ」

伝次郎も言葉を添えた。

与茂七は放っておけば、うわばみのようにいくらでも飲む。

「幸助は長屋にいなかったのだな？」

「気になってさっきも見に行ったんですが、いませんでした」

「お菊は？」

「わかりません」

伝次郎は短く考えてから千草をまっすぐ見た。

「気になるんだったら、明日の朝にでもお菊がいるかどうかたしかめたらよいだろう」

「もし、いなかったらどうしたらよいでしょう？」

「高田屋の主夫婦に、千草が聞いたことを正直に打ちあけることだ」

「そのほうがよいでしょうか……」

千草は不安げな視線を伝次郎に向ける。

「道を踏み誤るようなことを、幸助とお菊がもし考えているなら、早く手を打つべきだ」

「そうしたほうがよいでしょうか？」

「すべきだ」

はっきりと言う伝次郎を、千草はやはりこの人は頼もしいと内心で思った。

六

翌朝早く伝次郎は与茂七を猪牙舟に乗せて亀島橋を離れた。

昨日は曇天だったが、今日は晴天で青空が広がっていた。大川端沿いをゆっくり遡（さかのぼ）り、両国橋をくぐる。

与茂七はおとなしく舟のなかに座って、大川の上流に目を注いでいたが、ふいに櫓を漕ぐ伝次郎を振り返った。

「旦那、清三郎を見つけたら、そのまましょっ引くので……」

「まずは話を聞かなければならぬ。やつが山城屋に入った賊だと決めつけるものは、まだないからな」

「だけど、やつの稼業は盗人でしょう」

「盗人であっても、その証拠がなければうかつに手は出せぬのだ」

「そういうもんですか」

「そういうもんだ」

伝次郎は猪牙舟を遡らせながらも、これからのことを思案していた。しょっ引くのは容易(たやす)いが、証拠をつかまなければ、調べの末放免しなければならぬ。それを避けるためには何としてでも、山城屋に入ったという証拠が必要だ。

山城屋の者たちは賊の顔はおろか影さえ見ていない。近所の者たち然(しか)りである。

両国橋をくぐり抜け、御米蔵に立つ首尾(しゅび)の松(まつ)が見えてきた。大川は澄んだ色をして朝日にまぶしく輝いている。

伝次郎は本所のほうを見た。山城屋のある入堀に架かる石原橋が見える。いまその入堀に入っていったひらた舟があった。舟には俵物(たわらもの)が満載してあった。荷は米俵か他の穀物なのかわからない。

伝次郎はなぜだと、ずっと疑問に思っていることを考えていた。

清三郎たちが山城屋を襲った賊なら、長五郎もその仲間と考えるべきだ。しかし、長五郎は金箱を積んで舟を漕ぎだしている。大川は折からの嵐で荒れていたはずだ。わからないのはそのことだ。長五郎は元船頭だと聞いているが、それがほんとうならあまりにも無謀すぎる。

　伝次郎は心中の疑問を、試しに与茂七にぶつけてみた。

「長五郎は仲間を裏切って、盗んだ金を独り占めにしようと思ったんじゃないですか」

　与茂七はよく考えもせず、あっさり答える。

「それもあるかもしれぬが、わざわざ舟で運ぶほどの金箱だっただろうか……」

　山城屋から盗まれた金箱は、一尺半四方で高さが一尺だった。金は小判で五百両ほどだと聞いている。

　小判は時代によって重さが違う。仮に三匁（一一・二五グラム）の文政小判だと仮定すると、五百両は一千五百匁（約五・六二五キロ）。檜製の金箱を三千二百匁（約一二キロ）と仮定するなら、総重量は四千七百匁（約一八キロ）。

　大人ひとりで抱えられるだろうし、背負えるはずだ。ひとりで持ち運ぶには苦であるが、二人がかりなら楽に運べるだろう。

「旦那、ひょっとしたら金箱は長五郎の家に運ぶつもりだったのかもしれませんね。長五郎の家は山城屋と同じ町にあったではありませんか」

与茂七は思いつきを口にしたのだろうが、伝次郎は内心で「そうか」と、強くつぶやいた。

「与茂七、なかなか冴えたことを言う。そうかもしれぬ。山城屋は石原橋のそばにある。そして、長五郎の家は入堀のどん突きの先にあった。山城屋から入堀のどん突きまで舟で運べばそのぶん楽になる。そうではないか」

与茂七がハッとした顔を向けてきた。両目が朝日に輝いていた。

「旦那、そうかもしれません。重い金箱を担いでいくより、少しでも楽に運ぶために舟を使ったんですよ。大八でもよかったんでしょうが、やつらはそうした」

「なぜ、そんなことをしたと思う?」

「嵐がやんだら舟でどこかに逃げるつもりだったたってことは……」

伝次郎は上流から下ってくる高瀬舟を見て、そうかもしれぬと応じた。

「しかし、清三郎の企みは長五郎の裏切りで不首尾に終わった。そういうことか……。とにかくお吉の家の見張りだ」

伝次郎は櫓を漕ぐ腕に力を入れた。

竹町河岸に猪牙舟をつけると、襷を外し、足半から雪駄に履き替えた。今日は目立たないように羽織なしの渋い行儀鮫の着流しだった。

畳屋伊助の家に入ると、お吉の家の動きを聞いたが、まだ訪問者は誰もいないということだった。

伝次郎と与茂七は伊助の仕事の邪魔にならないように、戸口脇に控えてお吉の家を見張りはじめた。伊助の仕事場からはお吉の家はややはす向かいになるが、戸口を見通すことができた。

昨日閉められていた雨戸も開けられ、二階の洗濯物は取り込まれていた。

日が中天に昇り、通りを歩く人の影が濃くなる。腹を空かせた野良犬が、道ばたで小便をし、お吉の家の垣根の先へ行って姿が消えた。

お吉が家から出てくる様子はない。また訪ねて行く男の姿もなかった。

伊助の女房がときどき茶を淹れ直しに来て、大変でございますねとねぎらいの言葉をかけ、すぐ奥に引っ込む。伊助は一心に畳針を使って仕事をつづけている。

「お吉は今日は家の者が帰って来ると言ってるんですよね」

与茂七が暇にあかせて言う。

「粂吉の調べではそうだった」

「それが昼なのか夜なのかはわからないんですね」

「粂吉はそこまで聞くことはできなかった。聞いたら怪しまれるであろう」

「それにしても新太の野郎、どこへ行ったんだろう」

伝次郎も粂吉の調べが気になっていた。

「だけど、番屋にも新太みてえな気の弱いやつが雇われてんですね。おれはそんなやつは番屋には務まらないと思っていましたよ」

「気が強くて腕っ節(ぷし)の強い者だけが、番屋詰めするわけではない。番屋の役目は、町触れを知らせたり火の番をしたり、道案内もしなければならぬ。迷い子の親捜しもある。親切で心根のやさしい者がひとりぐらいはいなければならんのだ」

「そうとは知りませんでした。粂さんどうしてるかな?」

与茂七はお吉の家を眺めながらつぶやく。


その頃、新太の行方探しをしている粂吉は、気になる年寄りの話を聞いた。為蔵(ためぞう)という六十過ぎの隠居で、深川蛤町(はまぐりちょう)に独り暮らしをしているという。元は浅草の薬種(やくしゅ)屋の主だったが、伜(せがれ)に店を譲り、いまは盆栽と骨董(こっとう)を趣味に生きている風流人らしい。

その為蔵の女房は半年ほど前に倒れ、その翌日に死んでいた。倒れたその女房を見つけ、一晩介抱したのが新太だったのだ。

為蔵はその恩義を新太に感じているらしく、ときどき深川中島町の自身番に差し入れをすることがあるという。

それは、殺された徳兵衛の代わりに昼番を務めている書役の金三から聞いたのだった。最初からそのことを話してくれたら手間が省けたのにと、粂吉は内心でぼやきながら蛤町の為蔵の家を訪ねた。

仙台堀の入堀に架かる小川橋に近いところにその家はあった。隠居をした年寄り夫婦が住むには手頃の大きさの家といえた。敷地は二十坪あるかないかだ。垣根越しに小さな庭が見え、座敷をのぞくことができたが人の姿はなかった。

粂吉は戸口に立って声をかけた。すぐに台所のほうから声が返ってきて、薄暗い狭い廊下に年寄りがあらわれた。

「為蔵さんですか？」

「へえ、さようですが。どなた様で……」

為蔵は品のいい年寄りだった。白髪だが顔の色艶もよい。

「つかぬことを訊ねますが、ご隠居は中島町の番屋に詰めていた新太という店番を知っていますね」

そう言ったとたん、為蔵の表情が一変し、顔が背後に向けられた。粂吉がそちらに目を向けると、慌ただしい足音がして、庭に飛び下りる黒い影があった。

「新太だな」

粂吉が庭にまわり込むと、柾(まさき)で作られた垣根を乗り越えて行く新太が見えた。

「待て、待つんだ！」

粂吉は仙台堀沿いの河岸道を逃げる新太を必死になって追いかけた。

七

遅い昼飯になったが、伊助の女房がにぎり飯にたくあんと味噌汁をつけてくれた。

与茂七は指についた米粒を嘗め取りながら、小盆を返しに行くために立ちあがったが、女房が茶を持ってきたのでその用はなくなった。

「すまぬな。何から何まで……」

伝次郎が礼を言うと、女房は小さく会釈をして、

「こんなものしか出せなくて申しわけないです」

と、控えめな声でいう。はたらき者の伊助に仕える、よくできた女房だ。

「これは迷惑料だ。取っておけ」

伝次郎が心付けをわたそうとすると女房は拒んだ。だが、伝次郎は強引に手首をつかんで引き寄せ、女房の帯の間に差し入れた。

「御番所の旦那様にこんなことを、本当に申しわけないことです」

あくまでも控えめな女房である。

「それにしても……」

何かを言いかけた与茂七が途中で声を呑んで、「旦那」と注意を促した。

伝次郎が表を見ると、お吉が家から出てきたところだった。買い物に行くらしく手に籠を提げていた。

やがて、お吉は伊助の店の前を通り過ぎ、大川のほうに歩き去った。伝次郎はその姿を見送ってから、お吉の家に目を注いだ。

「与茂七、いまあの家には誰もおらぬ。気取(けど)られぬように家のなかを見てこい」

「へえ」

「裏から行け。お吉の家にも裏から入るのだ」

「わかりました」

与茂七はすぐに伊助の家を出て行った。

伝次郎はお吉が歩き去ったほうに注意の目を向けた。

今日は清三郎が帰ってくるはずだ。お吉はそのために買い物に行ったのだろう。

いつ清三郎が帰ってくるかわからぬが、見張りは今日一日つづけなければならない。

雲が日を遮ったらしく、ゆるゆると日が翳り家のなかが薄暗くなったが、再びあかるくなっていった。

伝次郎は与茂七が忍び込んでいるお吉の家と、お吉が歩き去った町屋のほうに注意の目を向けつづけた。

間もなくして与茂七が戻ってきた。何やら目を輝かせ、

「旦那、金箱が二階にありました」

と、耳打ちするように言った。

「まことか」

「へえ、間違いありません。風呂敷をおっ被せてあったんで、何だろうと思って剝ぎ取ると金箱でした」

「山城屋のものだったか？」

与茂七は一瞬目をしばたたき、そこまではたしかめなかったと自分のしくじりを悔やむように顔をしかめた。

「金箱は二階にあるんだな」

伝次郎はお吉の家の二階に目を注ぎ、

「裏からはすぐに入れるか？」

と、問うた。

「造作ないです」

伝次郎は一度お吉が去った通りに目を注いで立ちあがった。

「どこへ行くんです？」

「金箱をたしかめに行く」

伝次郎はそのまま伊助の家の裏口から表に出た。あたりに注意の目を配り、お吉の家の裏にまわり、勝手口から家のなかに忍び入った。二階には梯子段を使ってあがるようになっていた。

伝次郎は音を立てないように慎重に二階へあがった。

二階は四畳半と二畳ほどの納戸があるだけだった。与茂七の言った箱には風呂敷が無造作にかけられていた。

風呂敷を剝ぎ取ると、檜製の金箱があらわれた。いかにも頑丈そうな箱で、永年使い込まれたらしく燻されたような色をしていた。

大きさは山城屋で聞いたものと同じぐらいだ。伝次郎は側板に目を凝らした。すぐに山城屋の家紋を見つけた。桔梗紋だ。

(やはり、山城屋に入ったのは清三郎たちだ。これが何よりの証拠だ)

目を光らせた伝次郎は、箱のなかを見た。空っぽだ。それから部屋のなかに視線をめぐらした。男物の着物と羽織が衣紋掛けにあった。清三郎のものだろう。

他にはとくに目につくものはなく、お吉の浴衣と着物があるぐらいだった。

慎重に一階に下りて家のなかを眺める。裏の勝手口のそばに台所があり、六畳の座敷が二部屋と四畳半の居間があるだけだ。

長火鉢に茶簞笥(だんす)、奥座敷に着物簞笥が二棹と化粧台。男物が少ないのは、清三郎が普段この家にいないことを示していた。

裏の勝手口から出ようとしたときだった。戸口に足音がした。

振り返ると戸障子に女の影。伝次郎はとっさに表に飛び出し、音を立てないようにゆっくりと戸を閉めたが、気づかれたかもしれないと、少し不安になった。

「お吉が戻ってきましたよ」

見張場に戻るなり、与茂七が緊張した顔を向けてきた。

「すんでのところで見つかりそうになった。いや、気づかれたかもしれぬ」

伝次郎は唇を嚙(か)んだ。

「え、どうするんです？」

「様子を見るしかない。だが、あの金箱は山城屋のものだ。これで賊が清三郎たちだったというのがはっきりした」

「でも、箱のなかに金はありませんでした」

「山分けしたんだろう。とにかく清三郎があらわれるまで見張りだ」

伝次郎は腰を据え直した。

それから小半刻ほどたったときだった。

「旦那、粂さんです」

与茂七が伝次郎の肘をつついた。

伝次郎が示されたほうに目を向けると、粂吉が頬っ被り（ほおかむり）をした若い男の袖をつかんで歩いてくるところだった。

第六章　消えた金

一

「おまえが新太であったか」

伝次郎は粂吉が連れて来た新太を、しばらく凝視した。頬っ被りを取った新太はうなだれていた。

「なぜ、逃げた？　伊助、粂吉にもあらかた話しているであろうが、逃げたそのわけを聞かせてもらおう。そこの居間を借りるがよいか？」

伝次郎は仕事をしている伊助に断り、表の見張りを粂吉と与茂七にまかせ、新太を居間にあげると向かい合って座った。

「嘘をついてはならぬ、正直に話すことだ。よいか」

伝次郎の鋭い眼光を見ることができない新太は、「へえ」と蚊の鳴くような声を漏らしてうなずく。

「逃げたのは、同じ番屋に詰めていた徳兵衛と猪吉を殺したからか？」

「いえ、そんなことは決してしてません」

新太はさっと顔をあげて、ふるえるように首を振る。

「おまえは風呂敷で包んだ金箱を、徳兵衛と猪吉の三人で運びだした。徳兵衛は他の番屋詰めの者たちに自分の大家の預かり物で、それを届けに行くと言った。だが、大家の家には行かず、因速寺の墓地に行った。箱の中身は金だった。そうだな」

「あ、はい」

「墓地に行ったのは金を山分けするためだったのだな」

「最初はそのつもりでした。でも墓地に行く前に、わたしの長屋で親方たちと話し合ったんです」

伝次郎は眉宇をひそめて新太を見つめる。話で聞いたとおり、新太は見るからに気の弱そうな顔をしている。体も華奢だ。

「金は誰だって

「親方は貧乏人が急に大金を手にすると、ろくなことにはならない。金は誰だってほしいけれど、いましばらく様子を見てから金を分けることにしようと、そんなことをことあるごとにあっしと猪吉さんに言って聞かせていました。そして、あの晩はほんとうに金を分けるはずでした。ですが、あっしの長屋に金箱を運んでから、また親方があっしと猪吉さんを説得されたんです。欲をかけば思いもよらぬ罰が下るかもしれない、もともと自分たちには縁のない金だから、ここは少し堪えて、墓地に埋めておこうということになったんです」

「徳兵衛にそう説得されて、箱を埋めておくことにしたと……」

「はい、親方はあの金箱のことになると、ずいぶん慎重になっていました。ほんとうなら届けなければならない金です。それをしないで自分たちのものにすることに迷われていました。あっしも、親方の気持ちはわかりましたが、あの大金を見てからは心が揺れました。それに、誰も知らない三人だけの秘密でしたから……」

新太は申しわけないと頭を下げて唇を噛んだ。

「しかし、金箱を埋めはしなかった」

「できなかったんです。埋める場所を探そうとしたとき、米倉清三郎という人があらわれたんです」

それからの経緯を新太はつまびらかにした。

新太と徳兵衛は、猪吉が墓地にある椿の下に金箱を埋めようと言ったので、そちらに運ぶことにした。

新太が金箱を抱え持とうと腰をかがめたときだった。

月影に人があらわれたので、新太はギョッとなってそっちを見た。ほのかな月あかりを受けた男は、何度か中島町の自身番を訪ねてきた米倉清三郎だった。

「てめえら、何をしてやがる」

清三郎はそう言って近づいてきた。

他にも二人の男がいた。月あかりに浮かぶ三人の形相を見た瞬間、新太は殺されると思った。だから、とっさに後ろに跳びすさるなり、そのまま走って逃げた。

捕まったら殺されるという恐怖で生きた心地がしなかった。しかし、追ってくる気配は感じられなかった。代わりに短い断末魔（だんまつま）の声を新太の耳が捉えた。

徳兵衛と猪吉のことは心配だったが、いったいどうなっているのかわからなかった。

「とにかく逃げるのに必死で……」

話し終えた新太は肩をすぼめてうなだれる。

「無我夢中で逃げたので、墓地で何が起きたかはわからなかった。そういうことか」

新太はコクンとうなずく。

「徳兵衛と猪吉は殺された。そのことは知っていたか？」

「……翌る日にそんな噂を聞いて、背筋が凍る思いでした。そして、あっしはあの人たちがきっとあっしを探すだろうと考えました。見つかったら殺されるのだと怖ろしくなり、自分の長屋にも番屋にも近づくことができませんでした。近づけばそこにあの人たちがいるような気がしてならなかったのです。それで、あっしによくしてくれる為蔵というご隠居の家を訪ねて、わけは聞かないで、しばらくあっしをここに匿ってくれと頼みました。もし、ご隠居がそのわけを知ったら、ご隠居にも害が及ぶと思ったんです。ご隠居はよからぬことが起きたというのを悟っているふうでしたが、何も聞かずにあっしを匿ってくださったんです」

罪人だと知って匿えば罪になる。新太は自身番に詰めているから、そのことを承知して為蔵に詳しいことを話さなかったのだ。

「墓地にあらわれたのは清三郎と二人の男だった。その二人のことを知っているか？」

「ひとりはいかつい体をした、いかにも怖そうな顔をしている人で、もうひとりは小柄で顔の細い人でした。暗い晩だったのでよくは覚えていませんが」

伝次郎はその二人のことに大方察しをつけ、問いを重ねた。

「あの金箱は清三郎たちが墓地から運びだした。金箱は南本所石原町の蠟燭問屋・山城屋から盗まれたものだった」

「そうだったので……」

新太は目をまるくした。

「おまえたちは金箱をどうやって手に入れた？」

これは伝次郎がもっとも知りたいことだった。

「それは……」

「なんだ?」

「はい、見つけたのはあっしでした。野分の去った明け方のことでした」

新太は見廻りに出て、一手橋の近くで沈みそうになって流されている舟と、橋杭に引っかかっている死体を見つけたときのことを話した。

「死体をあげようとしたんですが、木箱が邪魔をしてなかなかあげられないので、先にその木箱を引きあげたんですが、死体はその拍子に流れて行ってしまいました」

「死体と舟は流れ、引きあげた木箱が金箱だった。さようなことであるか」

新太は神妙な顔でうなずいた。

「金箱に入っていた金を勘定したか?」

「はい。たしか四百三十両でした」

伝次郎はじっと新太を眺めた。山城屋は盗まれた金箱には五百両ほどの金が入っていたと言った。

「それはたしかだな」

「はい、勘定違いでなければ間違いありません」

新太の言葉を信じれば、山城屋が勘違いしているのかもしれない。だが、問題はそんなことではない。金を盗み、書役の徳兵衛と番人の猪吉を殺したのは、清三郎とその二人の仲間に相違ないだろう。

「金箱だが、墓地に持って行くまでどこに置いていた？」

「それは番屋のなかです。板の間の床下に隠しておきました。親方がそうしておこうとおっしゃったんで……」

「はい」

「墓地に運び出すまでは、ずっとそこに……」

「それまで誰も手をつけなかったのだな」

「あっしはつけていません。親方も猪吉さんもつけなかったはずです」

「さようか。もうひとつ聞く。一手橋に浮かんでいた死体は、この男ではなかったか？」

伝次郎は長五郎の似面絵を見せた。新太はしばらく眺めていたが、

「わかりません。あの死体はうつ伏せになっていましたので……」

と、青ざめた顔で答えた。

「そうであったか」

伝次郎はそのまま腰をあげた。

「あの」

新太が慌てたように身を乗り出して、伝次郎を見あげた。

「あっしはいったいどうなるので……」

「どうにもならぬ。おまえの罪は問わない。だが、いましばらく付き合ってもらうので、おとなしくそこで待て」

「あ、はい」

新太は少しだけ安堵の表情になった。

二

伝次郎が見張場に戻ると、

「だいたいの話は聞こえていました。そういうことだったんですか……」

と、与茂七が顔を向けてきた。

「諸悪の根源は〝化沼の清三郎〟ってわけだ。それで動きはないか？」

伝次郎はそう問いながらお吉の家に目を注いだ。

「まだありません」

条吉が答えて、

「新太をここに置いていていいんですか？」

と、聞いた。

「清三郎は新太のことを知っている。現にやつらは新太を探していた。もし、いまここで放免して、先にやつらに見つかったらことだ」

「そうですね」

条吉は納得顔でうなずいた。

「清三郎たちは、山城屋の金蔵を襲い、そして二人の命を奪っているってわけですね」

与茂七が独り言のようにつぶやき、

「とんでもねえ悪党じゃないですか」

と、吐き捨てた。

伝次郎はそれには応えず、他のことを口にした。

「清三郎の仲間は何人だろう？　これまでの調べだと二人だが、もっといるのか？」

「それはどうでしょう」

粂吉が応じた。

「旦那、先に乗り込んで待ち伏せしたらどうです」

与茂七は憤懣（ふんまん）やるかたないという顔で伝次郎を見る。

「逃がしたらことだ。やつらがあの家に入るのを待つ」

「来なかったらどうします？」

「日が暮れるまでは待つ。与茂七、茶をもらってきてくれ。喉が渇いた」

伝次郎に言われた与茂七が、すぐに茶をもらいに台所に行った。

「助を呼ばなくていいでしょうか？」

粂吉が用心深いことを言った。

「その暇はないだろう。おれたち三人で何とかする。それにしてもお奉行の勘は見事的中した」

伝次郎はつぶやきながら筒井奉行の顔を脳裏に浮かべた。

「粂吉の勘も的中していた」

伝次郎は口許に笑みを浮かべて粂吉を見た。

「あっしの……」

「新太のことだ。おまえは言ったではないか。新太が親切を施し、それに報いていた者がいるかもしれないと。まったくそのとおりであった」

「そのことですか……」

伝次郎はお吉の家に視線を注ぎ、そして大川のほうを眺めた。行商人と町人の姿があるだけで、清三郎らしき男の姿はなかった。

与茂七が台所から戻ってきて、伝次郎と粂吉に茶をわたした。

日は西にまわり少しずつ高度を下げていた。人の影が長くなり、伊助が仕事をしている土間に傾きはじめた日の光が射し込んでいた。

千草は客間の幅広床几に腰を下ろし、表を行き交う人を眺めていた。戸は開けているが暖簾は出していなかった。

その朝早く、千草は伝次郎の助言どおりに高田屋に行き、お菊に会いに行ったのだが、外出をしていて留守だと言われた。いつ頃戻ってくるのかと訊ねると、一刻もしないうちに戻るだろうという返事をもらった。

応対したのは若い手代で、とくに店に変わった様子もないし、お菊が戻ってくるのなら余計な心配などいらないと思った。

それで一度自宅に戻り、魚河岸に買い出しに行き、その帰りにまた高田屋を訪ねた。今度は裏木戸から訪ねて、台所仕事をしていた女中にお菊のことを聞くと、まだ戻っていないと言う。

それで手代と話したことを口にすると、お嬢さんは気紛れなところがあるので道草でも食っているのではないかと呑気なことを言われた。あまりしつこく訊ねるのも失礼だと思って自分の店に来て仕込み仕事をしたのだが、どうしても気になる。

幸助は旅支度をして長屋を出ている。お菊は今朝まで店にいたようだが、もう夕方になろうとしているのに店に戻っていない。

ひょっとすると、お菊は幸助と待ち合わせた場所に行き、そのまま店に戻らないつもりなのかもしれない。そう考えもする。

駆け落ちならまだよいが、思い詰めた末に無理心中なんてことになったら大変である。

与茂七が口にした不吉な言葉が頭にちらつく。

(まさか、心中するつもりでは……)

そんなことになったら、幸助に差し出がましいことを言った自分の責任ではないかと思い胸が痛む。

「どうしましょう」

千草は独り言を漏らして、つけたばかりの前垂れの裾をにぎり締め、こんなところでやきもきしていてもはじまらないと、胸中で叱咤するようにつぶやくなり、すっくと立ちあがった。

そのまま店を出ると、高田屋に足を急がせた。お菊が店に戻っていれば、自分の心配は杞憂になる。そうなることを胸のうちで祈っていた。

先に高田屋の表に立ったが、数人の客が奉公人たちとやり取りをしていた。仕事の邪魔をしてはならないと思い、裏木戸にまわり声をかけようとしたが、すんでのところで声を呑んだ。

「何をぼやぼやしてるんだ。さっさと行っておいでな」

怒鳴り声に近い声が聞こえてきた。

「だけど、わたしひとりで大丈夫でしょうか？」

「お菊を連れて帰ってくるだけでいいんだ。グズグズしていないで早くお行き！」

声の主は誰かわからないが、何やら切迫したひびきがあった。

と、突然、目の前の木戸が勢いよく開いたので、千草はびっくりして後ずさった。

出てきたのは、今朝話をしたばかりの若い手代だった。

「あ、今朝の」

手代はそう言ったが、先を急ぎますからと早足で歩きはじめた。千草はすぐに追いかけて声をかけた。

「お菊さんがどうかなさったの？」

「お戻りにならないんです。それで旦那様が心配をされ、奉公人たちに聞きまわられた末に、大女将がお嬢様を手引きしたことがわかったのです」

「手引き……どういうこと？」

手代は忌々しそうに千草を振り返って、

「お嬢様は駆け落ちされるつもりなんです」

と言って、さらに足を速めた。

「お菊さんがどこにいらっしゃるかわかっているのね」

「わかっているから連れ戻しに行くんです」

「わたしも行きます」

手代は千草を見て迷惑そうな顔をしたが、勝手にしてくださいと投げやりな言葉を返してきた。


内村政之進が高田屋の暖簾をくぐって店に入ったのは、丁度その頃であった。

「これは内村様……」

帳場に座っていた主の高田屋庄右衛門が、なにやら驚き顔で尻を浮かした。

「お菊はいるか？」

「あ、はい、それがその……」

庄右衛門は落ち着きなく隣の番頭を見る。

「いかがした？ 折り入っての話があるのだ」

「あ、はい。ともかくおあがりくださいませ……」

政之進は庄右衛門の様子がいつもと違うのに眉宇をひそめながら、勧められるまま客間に通された。

「あの、正直なことをお話ししなければならないと思います」

庄右衛門は汗もかいていないのに、手拭いで額をぬぐって二度三度と生唾を呑んだ。

「何だ直截に申せ」

「はい、こんなことを申すことになろうとは思いもいたしませんで……。じつはお菊が家出をしたんでございます」

「なんだと」

政之進は目を吊りあげた。

「わたしの知らぬうちに、うちのお婆の手引きで今朝方家を出たのです」

「お婆の手引き……」

「わたしの母親でございます。唆したのではないでしょうが、手引きをしたのです」

「ええい、よくわからぬ。それで家を出て、どこに行ったのだ」

庄右衛門は膝に置いた手を揉み動かして逡巡し、申しわけもございませんと、頭を下げた。政之進はその突然の行為に目をみはったが要領を得ない。

「高田屋、隠し事はならぬ。言いにくいことがあるようだが、はっきりと申せ」

「あ、はい。じつはお菊には思いを寄せていた男がいたのです。町内の紙問屋・但馬屋の番頭で幸助と言います。内村様より願ってもないお話をいただいたあと、二人の仲は切れたのですが、手前どもの知らぬ間に縒りを戻したらしく、いっしょに逃げたのです」

「なに」

政之進は眉を上下に二度、三度動かした。

「どこへ逃げたかわかっておるのか?」

「はい、お菊は幸助の待っている下総屋という船宿にいるはずです。それで、うちの若い手代が連れ戻しに出たばかりでございます」

「その船宿はどこにあるのだ?」

「竹町之渡しの本所側の舟着場のそばでございます」

それを聞いた政之進は畳を蹴るようにして立ちあがると、身を翻して座敷を飛び出した。背後で庄右衛門の慌てる声がしていたが、かまっている場合ではなかった。

三

「旦那」

与茂七が緊張した声でつぶやいたのは、浅草寺(せんそうじ)の時の鐘が七つ(午後四時)を告げて小半刻ほどしたときだった。

清三郎がついにあらわれたのだ。伝次郎は与茂七の視線に気づいてそちらを見た。

鶯(うぐいす)色の羽織に納戸(なんど)色の小袖。色白の細面(ほそおもて)に鷲鼻、薄い唇。切れ長の目は真っ直ぐ向けられている。櫛目(くしめ)の入った髪にはたっぷり鬢付(びんつ)けが沁(し)みているらしく、弱まりつつある日の光を照り返していた。

清三郎はひとりではなかった。背後には肩幅の広いがっちりした体の男と鼠顔の男。その二人は長脇差を腰に差していた。

(他にはいないか)

伝次郎は三人の背後に注意の目を向けた。やがて三人は伊助の店の前を通り過ぎ、お吉の家に入っていった。戸を開けたお吉の姿がちらりと見えたが、すぐに戸は閉められた。

「やつらが家に入りました」

条吉が十手をつかんで言った。

「うむ」

このときを待っていた伝次郎は強くうなずいた。

「どうします？」

与茂七が緊張の顔を向けてくる。

「引っ捕らえる」

すっくと立ちあがった伝次郎は、新太に顔を向けた。

「新太、もうおぬしに害が及ぶことはなかろう。中島町の番屋に行き、詰めている者たちにしっかりとこれまでのことを包み隠さず話すのだ」

「は、はい」

新太の返事を聞いた伝次郎は、素速く襷をかけ尻を端折った。条吉と与茂七も顔を引き締めて襷をかける。

「なんだと」

清三郎はお吉を振り返った。

「だからわたしが買い物に行った隙に誰かが入ったようなんです」

「そりゃあ誰だ？」

「わかりませんよ。帰ってきたとき、裏の勝手から出て行く人影が見えた気がしたんです。何も盗られたものはありませんが、二階に置いてある箱がいじられたようなんです。かけてある風呂敷が畳に落ちていましたから……」

お吉は訝しそうにまばたきをした。

清三郎は金箱のことを高直な骨董なので、高く売りさばくのだと話している。

「盗人が入ったと言うのか……」

「わかりませんけど」

清三郎は急いで二階にあがり、金箱を見た。いまや金の入っていないただの木箱である。盗人はめざとく金箱に目をつけ、蓋を開けて見たのだろうが、さぞやがっかりして出て行ったのかもしれない。だが、清三郎は気になった。

「孫蔵、留次、表を見てくれ」

一階に戻ると、二人に指図した。

留次が戸口に行き、そっと腰高障子を開けた。その瞬間、「ひッ！」と、驚きの声を漏らすなり、バチンと戸を閉め、心張棒をかった。

「どうした？」

座敷に腰を下ろした清三郎はすぐに留次を見た。

「変な野郎がいます。侍です」

「なんだと……」

清三郎が声を返したとき、表から声が聞こえてきた。

「開けろ！　南御番所の沢村伝次郎だ」

清三郎は両眉を動かして目を吊りあげ、

「町方の旦那が何の用です？」

と、声を返した。

「清三郎、おぬしに話があるのだ。手間はかけぬから、開けてくれぬか」

町方の声は穏やかだ。だが、信用できない。それになぜ、おれの名前やここにいるのを知っているのだと疑問に思った。

どうしようかと短く逡巡する間に、また声がかかった。

「開けぬなら、押し入るまでだ。どうする?」

清三郎は納戸を開けると、刀をつかみ取って抜いた。留次と孫蔵に顎をしゃくって、

「油断するんじゃねえ。いざとなったら斬るんだ」

と、低声で指図した。

台所にいたお吉が顔をこわばらせ、

「い、いったい何なんです」

と、ふるえ声を漏らした。

「お頭、相手はひとりです」

雨戸の隙間から表を見ていた留次が清三郎を振り返った。

ひょっとすると中島町の番屋に詰めていた新太が密告したのかもしれない。しかし、こんなところで町方に縄を打たれるわけにはいかない。清三郎は肚を括った。

「孫蔵、入ってきたら斬れ」

　清三郎は耳打ちするように孫蔵に指図し、表に声を返した。

「旦那、いま取り込んでいるんで、ちょいとお待ちを。すぐに開けますから……」

　戸口のそばに立つ孫蔵が、開けていいのかという顔を向けてきた。清三郎は相手に見えないように抜き身の刀を体の後ろにまわし置いた。

　留次がかった心張棒に孫蔵がゆっくり手を伸ばして外し、少し後ろに下がった。

「旦那、どうぞお入りください」

　清三郎が声をかけると、戸がゆっくり開けられた。

　姿をあらわしたのは、着流しに襷をかけ、尻端折りをしている大きな男だった。鷹（たか）のように鋭い眼光で清三郎をひたとにらみ、壁に背中をつけて見られないようにしていた孫蔵の気配に気づいたらしく、警戒する顔つきになった。

「妙な真似はやめることだ」

「何をおっしゃいます。沢村さんとおっしゃいましたね。なんであっしのことをご存じで……」

　沢村は敷居をまたごうとはしない。戸口の外に立ったままだ。

「化沼の清三郎は名の知れた盗人ではないか」

沢村は口の端に小さな笑みを浮かべたが、鷹のような目は笑っていなかった。

台所で立ち竦(すく)んでいたお吉が「えッ」と、驚きの声を漏らした。

「ほう。すると用件というのはあっしを捕まえるつもりで見えましたか。ですが、何の咎でそんなことを……」

「黙れ、外道(げどう)!」

沢村はいきなり一喝(いっかつ)した。

四

伝次郎は大音声(だいおんじょう)を発すると、そのまま戸を蹴倒して土間に飛び込んだ。

壁際にいた男は倒れた戸障子を体に受けて慌てていたが、その間に伝次郎は清三郎のいる座敷に躍りあがった。

「野郎ッ!」

清三郎が後ろに隠し持っていた刀を振ってきた。伝次郎は壁際に下がってかわし、

「神妙にしろ。清三郎、山城屋の金蔵を破ったのはきさまらだな。この家の二階にある金箱が何よりの証拠」

「孫蔵、斬れ、斬るんだ！」

清三郎が声を張りあげる前に、戸障子をぶつけられた孫蔵という男が斬り込んできた。

伝次郎は片膝をつきながら抜き様の一刀で、孫蔵の刀を撥ね返し、足を掬うように刀を振ったが、孫蔵は体に似合わず敏捷（びんしょう）で梯子段の陰にまわって避けた。

その間に清三郎が裏の勝手口に駆けていった。気づいた伝次郎は、

「粂吉、与茂七、逃がすな！」

と、声を張った。

刹那（せつな）、雨戸のある縁側にいた男が突きを送り込んできた。

伝次郎はさっとすり落とすと、男の尻を思い切り蹴った。蹴られた男は勢い余って雨戸を突き破って庭に転げ落ちた。

それを見た孫蔵が、

「留次ッ！」

と、慌てた声を発した。

庭に転げ落ちたのは留次という鼠顔の男だった。

「このぉ！」

孫蔵が鬼の形相で撃ちかかってきた。

伝次郎は半身をひねってかわし、孫蔵の背後にまわり込んだが、孫蔵は俊敏に腰をかがめて刀を横薙（な）ぎに振る。

（こやつ、できる）

伝次郎は警戒した。

屋内での戦い方を孫蔵はよく知っているのだ。それに太刀筋に狂いがない。頑丈な体と同様に太い腕はよく発達しており、刀を振るたびにビュンビュンと身を竦（すく）ませるような風切り音が立つ。

伝次郎には孫蔵に手を焼いている暇はない。清三郎に何としてでも縄を打たなければならないのだ。

伝次郎は腰を低めて、じりじりと間合いを詰めてくる孫蔵の正面に動いた。さっと孫蔵は右八相（はっそう）に刀を動かした。袈裟懸（けさが）けに斬り込んでくる構えである。

伝次郎は愛刀・井上真改二尺三寸四分（約七一センチ）を下段から中段に移した。孫蔵はいつでも斬り込んでこれる間合いにいる。

対する伝次郎もいつでも撃って出ることができる。ほんの短い斬り合いであるが、すでに汗をかいていた。伝次郎の額に浮かんだ汗が頰をつたっていた。

孫蔵は伝次郎の左にまわりながら隙を窺う。表から与茂七と粂吉、そして他の声が聞こえてくるが、どうなっているのかわからない。

伝次郎は目の前の孫蔵を倒さなければならないが、そう簡単にはいかない。

「おりゃあ！」

気合い一閃、孫蔵が袈裟懸けに斬り込んできた。だが、それより一瞬速く伝次郎の愛刀が電光石火（でんこうせっか）の勢いで孫蔵の右手首を斬っていた。

「あうっ」

斬られた孫蔵はそのまま後ろに下がり、襖ごと隣の座敷に倒れた。それを見た伝次郎は裏の勝手口から表に出た。

逃げようとしている清三郎を、与茂七が阻止していた。与茂七の手には十手しかない。対する清三郎は刀を構えていた。

そこは霊光寺脇の細道で暗がりだった。道幅は一間（約一・八メートル）ほどだ。

「どけ、どきやがれ！」

清三郎が前に立ち塞がっている与茂七を牽制するように刀を振った。与茂七は斬り込まれようとすると、とっさに下がってかわす。

清三郎から二間ほど下がったところにお吉が身を竦めて立っていた。

「清三郎、もう逃げられはせぬ。おとなしく刀を引くんだ」

背後から声をかけられた清三郎が伝次郎を振り返った。そのとき、伝次郎は背後に人の気配を感じた。とっさに振り返ると、孫蔵が左手一本で持った刀で斬り込んできた。

キーン。

伝次郎の刀が孫蔵の刀を撥ねあげた。孫蔵の足がよろけるように下がり、刀をさっと正面にいる伝次郎に向けた。

「こやつ、まだ懲りぬか」

伝次郎はぐいっと歯を食いしばって、口を真一文字に引き結ぶと同時に、撃ちかかってこようとした孫蔵の脇をすり抜けるように脾腹を断ち斬った。

「うげェ」

孫蔵は奇妙な声を漏らして、両膝を地面につき、斬られた腹に手をやった。その手はたちまち溢れる血に染まったが、孫蔵は気丈にも苦痛にゆがむ顔を伝次郎に向け、そのまま立ちあがろうとした。

だが、体から力が抜けたように、そのままばったりとうつ伏せに倒れた。

「孫蔵……」

声を漏らした清三郎は、きっと目を吊りあげると、逃げ道を塞いでいる与茂七に斬りかかっていった。与茂七はすんでのところでかわして下がるが、足をもつれさせてよろけた。

「あッ」

伝次郎は慌てた声を漏らしたが、与茂七は倒れる前に道の脇にある竹藪にうまく飛び込んでいた。

与茂七を斬ることのできなかった清三郎はそのまま駆けて逃げた。

伝次郎は逃がしてはならぬとあとを追う。

清三郎は霊光寺脇の細道を抜けると、中之郷原庭町(はらにわちょう)の通りに出た。突然、刀を振りかざしてあらわれた清三郎に気づいた町の者が驚いて脇に避ける。恐怖に悲鳴をあげる子供や女もいた。

伝次郎は清三郎との間合いを詰めると、手にしていた刀の棟(むね)を返して、肩に一撃を見舞った。

「うっ」

清三郎の足が鈍り、立ち止まって振り返ると、伝次郎はその首筋にぴたりと刀を突きつけた。清三郎の目が驚愕に見開かれ、地蔵のように体が固まった。

「化沼の清三郎、これまでだ」

伝次郎は一歩詰め寄って、清三郎の襟首を片手でつかんでぐいっと引き寄せた。

「きさまのような外道は斬ってもよいのだが、今日のところは堪忍(かんにん)してやる。与茂七、縄を打て」

伝次郎はそばにやって来た与茂七に命じ、清三郎が手にしていた刀を奪い取った。

「く、くそ……」

与茂七によって後ろ手に縄を打たれる清三郎は、歯軋りをするような声を漏らし、町角に立つお吉を見ていた。

伝次郎もそっちを見てお吉に声をかけた。

「お吉、おまえは清三郎の正体を知らなかったのか?」

「わ、わたしは……」

お吉はぶるぶると、ふるえるように首を振ったあとで、

「薄々気づいてはいましたが……」

と、か弱い声を漏らし、膝からくずおれて両手を地面についた。

「お吉、おまえには何の咎もない。好きなところへ行け。さりながら、その前にやってもらうことがある」

「………」

「孫蔵の始末を頼む。番屋に話して使いを出すので、そのことを頼みたい。やってくれるか」

「あ、はい」

伝次郎は憐憫(れんびん)を込めた目で言ってから、清三郎に顔を向け直すと、

「旦那、条さんが……」

と、与茂七が心配そうな声を漏らした。

「うむ、わかっている。ついてこい」

伝次郎は来た道を引き返した。

与茂七が清三郎を連れてついてくる。

お吉の家が近づいたとき、留次を高手小手(たかてこて)に縛りあげた粂吉が暗がりに姿をあらわした。

「粂さん」

与茂七がホッとしたような声を漏らした。

五

伝次郎は捕らえた清三郎と留次を中之郷竹町の自身番に押し込み訊問をはじめたが、二人ともだんまりを押し通した。訊問に手を焼いている間に、自身番詰めの者が孫蔵の死体を運んできて火の見櫓(やぐら)の下に置いて筵(むしろ)をかけた。

また、山城屋万右衛門を呼んで、お吉の家の二階から運んできた金箱を見せると、

「こ、これはたしかにわたしの店の蔵にあったものです」

と、断言した。

金がないことに落胆したが、その金について清三郎は、端から金など入っていなかったと言い張った。

しかし、山城屋から盗み出したときには入っていたはずだ。そのことを訊ねると、たしかに入っていたと言う。そして、新太もその金を見ている。だが、清三郎たちが徳兵衛たちから金箱を奪い返したときには、入っていなかったと、あくまでも言い張る。

他のことについては、清三郎も留次も黙して語らずだ。

表はそろそろと夕闇を濃くしている。人殺しの盗人二人を狭い自身番に置いての訊問は詰めている町役らの仕事に差し障る。

「よし、きさまらは大番屋にて調べ直す」

伝次郎が厳しい顔で言うと、清三郎と留次はびくっと体をふるわせた。

「条吉、与茂七、二人を引っ立てろ」

伝次郎たちは清三郎と留次を連れて竹町河岸に舫っている猪牙舟に向かった。

町には夕闇が立ち込めていて、西の空も翳っていた。伝次郎は川が暗くならないうちに大番屋につきたかった。

「旦那、おかみさんです」

与茂七がそう言ったのは、伝次郎が猪牙舟の舫いをほどきかけたときだった。そっちを見ると、たしかに千草の姿があった。下総屋という船宿の前だ。

(何をしておるのだ)

伝次郎は気になって、粂吉と与茂七に悪党二人を逃げられぬようにしておけと言って河岸道にあがり、下総屋に近づいた。

「千草」

声をかけると、ハッとした顔が振り向けられ、伝次郎だと知ると少し安堵の色を浮かべた。

「あなた」

「いかがした?」

「高田屋のお菊さんと但馬屋の幸助さんが駆け落ちしようとしていたのです」

伝次郎は片眉を動かして、千草から聞いた二人のことだと察した。

「それで、なぜここに……?」

「あの方たちが話し合いをしているんです。お菊さんを見初めた内村政之進様も店にいらっしゃるんですが、どうなることやらと……」

「内村様というのは、御作事下奉行のご子息であったか」

「ただのご子息ではないのです。表台所頭格賄頭というお役の方でもあるそうなんです。それはそうと、二人が駆け落ちするように仕向けたのは、わたしのせいではないかと……」

千草にしてはめずらしく心細い顔をする。

「こんなことになったのも、わたしがいらぬことを言ったからです。だから胸が痛んでいるんです」

「話は穏便にすみそうなのか……」

「わかりません」

千草は心配そうな顔を船宿の二階に向け、はたと気づいたように伝次郎を見た。

「あなたはどうしてここに……」

「盗人を捕まえたのだ。舟に乗せたところだ」

千草は舟着場のほうに一度目をやり、与茂七もいっしょなのかと聞いた。

「粂吉もいる。此度も二人はよいはたらきをした」

そのとき、船宿の二階から怒鳴り声が聞こえてきた。

「いい加減にせぬかッ！」

同時に慌ただしく動く人の影が障子に映り、騒がしい物音がしたと思ったら、旅装束の男が足袋裸足で飛び出してきた。

「幸助さん」

千草が驚き顔をする。声をかけられた幸助も、はたと立ち止まって背後を振り返った。そこへ、血相変えた侍が刀の柄に手をやって飛び出してきた。

「待て。人の話をよく聞きもせず逃げ出すとは無礼であろう！」

怒鳴られた幸助は「ヒッ」と情けない声を漏らして、千草の背後にまわった。千草もこの騒ぎに戸惑い顔をし、伝次郎に救いを求める目を向けてきた。

「しばらく、しばらく」

伝次郎は幸助の盾となっている千草と侍の間に入った。

「邪魔立て無用である」

「いやいや、相手は町人。貴殿は刀に手をやっておられる。尋常ではないと思いまするが、貴殿が内村政之進殿でござろうか……」

「そなたは何者だ？」

侍はきっとした目を向けてくる。

「南町奉行所内与力格の沢村伝次郎と申します」

「町方の出る幕ではない。その男をこっちに引きわたしてもらおう」

「わたしてどうなさいます？　まさか斬るつもりではないでしょうな」

「そんなつもりなど毛頭ない。わたしは事情を聞き、その上でおのれの話をするところであったのだ。幸助、何故逃げたりする」

「き、斬られると思ったのです。どうかそれだけはご勘弁を……」

千草の背後にまわっている幸助は、ふるえ声を漏らす。

「お菊さん……」

千草が船宿の戸口に立った旅装束の女を見て、つぶやいた。そのそばに若い手代の男もついている。伝次郎は、お菊を見た。細面につぶらな目をしたきれいな娘だった。

「内村殿、斬るつもりなど毛頭ないとおっしゃいましたな」

伝次郎は政之進に視線を戻した。

「話をするだけだ」

「であれば、刀から手を放してもらえませぬか。相手は無腰の町人です」

政之進はわかったと言って刀から手を放し、

「しからばしようがない。ここで肚を決めたわたしのことを話す。お菊殿もしっかり聞くがよい」

と言って、言葉をついだ。

「たしかにわたしはお菊殿を嫁にしたいと言った。そしてそのつもりでいた。お菊殿のご両親ともその旨の話をしておった。そうであるな」

お菊は畏まった顔でうなずく。

「だが、お菊殿との縁談をわたしの父と母は快く思っていなかった。いや、決して許さぬと反対をされていた。わたしはそれを押し切ってお菊殿を嫁にしようとしていたが、今度はまわりの方たちから散々止められた。何故、さように意見されるか、そのことは伏しておくが、とにかくわたしはお菊殿をあきらめなければならないというのがわかった。今日はそのことを伝えるために高田屋を訪ねたのだが、お菊殿がかねて恋仲であった幸助と駆け落ちをするつもりだと聞き、追いかけてきたのだ。そして、二人に会うことができた。しかし、わたしの一存を話す前に、二人から駆け落ちをしようとしたそのわけを知りたかった。そのために話を聞いていたのだ」

「すると、内村様はお菊さんとの縁談を水に流されるということなのですね」

千草だった。政之進はさっと千草を見た。

「どなたか存ぜぬが、さようなことだ。幸助、お菊殿、わたしはそれを伝えにまいったのだ。わかってくれるか」

お菊が神妙な顔でうなずけば、幸助もやっと安堵の色を浮かべた。

「まったく大きな騒ぎにしおって……」

政之進はそう言うと、伝次郎やまわりにいる者たちをひと眺めしたあとで、

「幸助、わたしの話はわかったか？」

と、幸助をにらむように見た。

「は、はい。よく、わかりました」

「お菊殿を幸せにするのだ。決して不幸にしてはならぬ」

「はい、ありがとう存じます」

幸助は両目から涙を溢れさせて深く腰を折った。

政之進はお菊を振り返ると、小さくうなずき、

「お幸せに」

そう言い残して歩き去った。

それを見送ったお菊はガクッと両膝を地面につくなり、小さく肩をふるわせて泣きはじめた。

「とんだ人騒がせなことを……」

伝次郎があきれたようにぼやきを漏らすと、そばにいる千草が「よかった、よかった」と安堵の吐息を漏らし、幸助の背中を押してお菊のもとに送り出した。

幸助はお菊に手を貸して立ちあがらせると、二人は手を取り合ってうなずき合い、まわりにいる者たちに深く辞儀をした。

「では、お嬢様、帰りましょう」

そう言ったのは若い手代だった。

「千草、いかがする。歩いて帰るのか……」

伝次郎が声をかけると、千草は涙をためた目で見てきた。

「まだお役目中でしょう。わたしはみなさんといっしょに歩いて帰ります」

「相わかった。もうすっかり暗くなっている。気をつけて帰れ」

伝次郎は千草がうなずくのを見て、待たせている自分の猪牙舟に向かった。

六

翌朝、伝次郎は、大番屋に留め置いていた清三郎と留次の訊問をはじめた。相変わらず二人は肝心なことになるとだんまりを決め込んだが、

「そうかい。そこまで強情を張るなら牢屋敷に移って石抱きでもやるか」

と、脅しをかけた。

とたん、二人はふるえあがった。脛に傷持つ二人であろうから、その拷問がいかほどのものか承知しているようだ。

石抱きは十露盤と呼ぶ三角柱を並べた木の上に罪人を正座させ、太股の上に一枚十二貫(約四五キロ)ある伊豆石を載せていく。十露盤の上に座るだけでも相当の苦痛だが、さらに太股に伊豆石を載せると想像以上の激痛が体を苦しめる。

大概の罪人は三、四枚で気絶するか、弱音を吐いて白状する。

清三郎と留次はその拷問に恐れをなし、

「それだけは勘弁を……」

と、ようやく観念の体になり、伝次郎の聞くことに答えていった。

山城屋に目をつけたのは清三郎であった。金蔵への侵入がさほど難しくないと踏んだからだ。盗んだ金は一旦長五郎の家に運び、そこで山分けをする予定だった。

重い金箱の運搬には大八車を使うことも考えたが、車輪の音がするので気づかれるか怪しまれる恐れがある。そこで音のしない舟で途中まで運ぼうという話になった。

そのことを提案したのは、船頭の経験のある長五郎だった。山城屋を襲う日は前もって決めていたが、その日江戸は野分に襲われた。

清三郎は計画を日延べするかどうか思案したが、野分の晩ならかえって人目もないだろうし、気づかれる恐れも少なくなるだろうと思い決行することにした。

案の定、山城屋の庭に入るのは造作なかったし、人目も気にすることはなかった。

金蔵の錠前は、錠前破りの名人・留次にとっては赤子の手をひねるようなもので、いとも容易く外すことができた。

あとは金箱を金蔵から表に運びだし、舟に載せるだけでよかった。ところが、そこで舟を調達した長五郎が裏切ったのだ。

「やはり、そうであったか」

あらかた話を聞き終えた伝次郎が水を差すと、清三郎が驚いたように細い目をみはった。

「おめえらは盗んだ金箱を長五郎の家に運び、そこで山分けするつもりだった。ところが舟に金箱を載せたところで長五郎が裏切って、舟を荒れている大川に漕ぎ出して逃げた。まあ、そんなところだろう。だが、どうしておめえらは番屋を訪ねまわった。それも大川より下流の番屋ばかりだった」

「あっしが追いかけて、長五郎の舟が両国橋をくぐり抜けるまで見ていたんで、ひょっとすると番屋の者があの舟を見ていたかもしれねえと思いやして……」

そう言ったのは留次だった。

「だが、舟も長五郎も見つからなかった」

「へえ」

「それでも、中島町の番屋の連中をあやしんだのはどうしてだ？」

その問いには清三郎が答えた。もうすっかり観念の体だ。

「あっしはあの番屋に二度ばかり足を運んで、隠しごとはしていねえだろうかと目を光らせましたが、わかりませんでした。ところが孫蔵は店番と番人の顔色が変わったのに気づいていたんです。それでもう一度行ってみました。と、別の者たちが詰めておりまして、徳兵衛たちは大家に預かった箱を持って帰ったと言います。あっしは箱と聞いてぴんと来たんです。それで……」

「大家の家に行ったが、そんな箱は預けていないと言われた。そしておめえは三人の家を聞き出して訪ねて行った。最後に訪ねたのが、新太の家だった」

「まあ、大方そのとおりです」

「そして、因速寺の墓地に行った三人を見つけ、徳兵衛と猪吉を殺して金箱を奪い返した。だが、逃げた新太の口を塞げなかったので探して殺すつもりだった」

「沢村の旦那、さすがにいい勘していますが、新太を探していたのはそういうことじゃねえんです」

「どういうことだ？」

「だから、あの金箱には一文（もん）たりと入っちゃいなかったんです。入っていたのは石でした。嘘じゃありませんぜ。おりゃあ、前もってあの新太の野郎が金と石をすり替えていたと考えたんです。だってそうでしょう。三人で山分けするより独り占めしたほうが得じゃねえですか。並の人間ならそう考えるはずです。盗人稼業をしているあっしらは、滅多にそんな気は起こしませんが……」

「長五郎には裏切られた」

伝次郎が遮るように言うと、

「それは言わねえでくだせえ」

と、清三郎が顔をしかめた。

「石だったなんて出鱈目（でたらめ）を言ってるんじゃないだろうな」

伝次郎は鋭い眼光で清三郎をにらむ。

「嘘じゃねえ！」

清三郎は噛みつくような顔でにらみ返してきた。

「旦那、ほんとに石しか入ってなかったんですよ」

留次が力のない声で言って伝次郎をまっすぐ見た。

「……そうかい。だったら金はどこにある？」

「そりゃあ、おれたちが知りてえことですよ。ま、いまさら知ってもどうにもならねえが……」

清三郎は悄然（しょうぜん）とうなだれる。

「おまえたちは因速寺の墓地で徳兵衛と猪吉を殺し、新太に逃げられたが、金箱は取り返した。そのあとどうした？　お吉の家に運んで金を分けたのではないのか？」

「だから金は入っていなかった。石しか入っていなかったと言っててんじゃねえですか。何度言えばわかるんです。ったく」

清三郎はふて腐れ顔をする。

「金箱は墓地からお吉の家に運んだのだな？」

「いえ、それはあとです」

「それじゃ、どこに運んだ？」

清三郎は一度留次と顔を見交わして、

「孫蔵の家です。南本所荒井町（あらいちょう）の長屋ですよ」

「なんという長屋だ？」

「惣兵衛店です。あの辺じゃ油虫長屋って言われています」

「お吉の家をしばらく留守にしていたな。それは新太を探すためだったのか？」

「それもありますが、まあ……」

「なんだ？」

「金を稼ぐための算段をしていたんですよ。そう言や察しがつくでしょうに……」

清三郎は後ろ手に縛られている手をもぞもぞと動かした。

「つぎの盗みの支度をしていたってことか」

清三郎と留次は黙っていた。言葉を返してこないのは、図星ということだろう。

「よし、おまえらは牢に戻っておとなしくしておれ」

伝次郎はすっくと立ちあがると穿鑿所を出て、番人に二人を牢に戻すよう指図し、条吉と与茂七の待っている玄関で、

「与茂七、南本所荒井町に行ってくれ。惣兵衛店という長屋がある。界隈では油虫長屋と呼ばれているそうだ」

「なぜ、そこへ？」

与茂七は怪訝そうな顔をする。

「孫蔵の長屋だ。やつらは墓地で徳兵衛と猪吉を殺したあと、その長屋に金箱を運んでいる。そのことをたしかめてこい」

「たしかめたらどこへ行けばいいです？」

「中島町の番屋で待っている。行け」

指図を受けた与茂七はそのまま大番屋を飛び出していった。

「旦那、あっしは……」

粂吉が顔を向けてきた。

「ついてまいれ」

伝次郎はそのまま茅場町（かやばちょう）の大番屋を出た。

「どこへ行くんです？」

粂吉が追いかけてきて聞く。

「金箱に入っていた金だ」

「は……」

七

永代橋をわたりながら伝次郎は考えつづけていた。だが、自分の勘はあたってい
るような気がする。

それは山城屋の金箱に入っていた金だ。だが、まだ確信はなかった。

「粂吉、先に行って新太を呼んできてくれ。中島町の番屋で待っている」

「へいッ」

気持ちよい返事をした粂吉は、そのまま駆け足で橋をわたっていった。

伝次郎は一度橋の欄干（らんかん）に手をつき、大川の河口を眺めた。清三郎と留次の言った
ことがほんとうなら、金はいったいどこにあるのだ？

この川に沈んだのか？　だが、新太の話ではそうではない。金箱には金が入って
いた。それも四百三十両。金は沈んでなどいない。

（やはり……そういうことかもしれぬ）

ぼんやりした考えがまとまりかけていた。

「これは旦那、ご苦労様でございます。徳兵衛さんと猪吉を殺したのは、山城屋の金蔵を破った盗人だったのですね」

深川中島町の自身番に入るなり、文机についていた金三が話しかけてきた。

「もう、この番屋にも届いていたか。早いな」

伝次郎は上がり框に腰を下ろした。

「昨夜のうちに聞きました。旦那、大したお手柄ですね」

「いや、まだ仕事は終わっておらぬ」

「は……」

金三はのっぺり顔のなかにある目をまるくする。

店番が茶を淹れてくれたので、伝次郎は口をつけた。

「徳兵衛らが運びだした金箱には金が入っていなかった。中身は石だった」

「は、石ですか？」

金三は店番と番人と顔を見合わせた。

そこへ粂吉が新太を連れてやって来た。早いなと言うと、その先でばったりでくわしたのだと言う。

「新太、金箱のことだが、中身は石だったと清三郎と留次は口を揃えて言う」

「え……」

新太は目をしばたたいた。

「おまえは金箱を見つけ、徳兵衛と猪吉の三人で引きあげ、この番屋に運び入れた。そうであるな？」

「あ、はい」

「それから一度も金には手をつけていない」

「はい、ですが早く金を分けようと、あっしと猪吉さんは親方に何度も言いました」

「それで」

「親方はもう少し待て。貧乏人が急に大金を手にすると人が変わるとか、しばらく様子を見てから分けるとか、とにかく金を分けるのを引き延ばされました」

「おまえがこの番屋に詰めていたときのことだが、徳兵衛ひとりになったことはあるか？」

「それはあります。あっしと猪吉さんが見廻りに出ているときですが……」

「金箱はここから運び出したあと、おまえの家に持って行ったのだったな」

「さようです」

「それは金を分けるためだった」

「はい」

「しかし、なぜ墓地に運んだ?」

「やっぱり親方が、もうしばらく手をつけずにおこうとおっしゃったからです」

伝次郎は短く考え込んだ。

戸口の向こうを職人や町屋のおかみが通り過ぎていった。

――めがね……かがみ……とぎ~。

道具箱を提げた目鏡売りが通り過ぎていったときだった。いきなり伝次郎は立ちあがり、

「誰か、板の間を見てくれ。あ、新太がよい」

と、指図した。

その場にいた者全員がきょとんとしたが、新太が居間にあがって奥の板の間へ行った。どこの自身番にも、居間の奥に三畳ほどの板の間がある。罪人を一時留め置

く場所で、壁には丸い鉄の輪があり、それに縛って逃げられないようにする。

「新太、金箱を隠したのはそこであるな」

「へえ」

「板を外して床下を見るんだ」

伝次郎はそう言いながら、居間にあがって板の間に行った。新太が四枚の板を外し、床下を見たが何もない。

「その近くにもないか、のぞいてみるんだ」

新太は頭を板の間の空間に落とすなり「あ」と驚きの声を漏らし、すぐに顔をあげた。

「旦那、か、金がここにありました」

伝次郎はやはりそうだったかと思った。

「拾いあげるんだ」

金はすぐに床下から拾いあげられ、居間に積まれた。みんなは積み重ねられた小判に目を奪われていた。

「どういうことでしょう？」

金三は細い目をしぱしぱと動かした。

「書役の徳兵衛は何度も金を分けたいと言う猪吉と新太を諭していた。だが、いつまでも引き延ばすことはできない。それで、一旦金箱を運びだすことにした。だが、分けるつもりはなかったのだ。持ち主がわかったら返す肚づもりだったのかもしれぬ。だから、新太の家に運んだあとで、もう一度様子を見るために、金箱を埋めることにした。だが、その金箱には金は入っていなかった」

「親方が金と石をすり替えていたということですか？」

新太は呆然とした顔だった。

「徳兵衛にはそれができたのだ。書役は滅多に見廻りに出ることがない。だが、新太と猪吉はそうではない。夜廻りもすれば、近所の見廻りもする。その間、徳兵衛はひとりになる。そのときすり替えたのだ」

「まさか、そんなことを……」

「人間誰しも欲をかく。それが人の性（さが）だ。徳兵衛は身につかぬ大金を手にした者がどう変わるのか、それを知っていたのだろう。だから、金を分けるのを延ばし延ばしにした」

「はー、徳兵衛さんはえらいなあ。だけど、殺されちまっては……」

金三は感心顔をしたあとで、悔しそうに口を引き結んだ。

みんなはしばらく山吹色の小判の山を眺めていた。

「この金は山城屋に返さなければならぬ。誰か知らせに行ってまいれ」

伝次郎がそう言うと、店番が自分が行ってくると言って、戸口を出て行った。それと入れ替わるように与茂七がやって来た。

「旦那……あ……」

与茂七は小判の山を見てあんぐりと口を開けた。

「金はあった。おまえの調べはどうであった」

「清三郎たちの言ったことに間違いないようです。で、その金は……」

伝次郎はかいつまんで説明した。

「そういうことでしたか。それじゃ親方と猪吉は殺され損みたいなもんですね」

与茂七はしんみり顔でつぶやいた。

「条吉、与茂七、引きあげる。大番屋に戻り清三郎と留次を牢に送る」

伝次郎は土間に降り立つと、あとのことは頼むと金三に言って表に出た。

空は高く、よく晴れていた。

じっとしていれば肌寒さを感じる風が身を包んでもいた。

「ようやく一件落着ですね」

永代橋をわたりながら与茂七が言う。

「この一件、お奉行の勘ばたらきである。畏れ入る」

伝次郎は筒井奉行の顔を思い浮かべながら、足を急がせた。


それから三日後、伝次郎は千草から幸助がこれまでどおり但馬屋の番頭を務めることと、お菊とめでたく祝言を挙げることになったという話を聞かされた。

「まことにめでたいことだ」

伝次郎が頬をゆるめて言えば、

「ほんにめでたいことです」

と、千草も嬉しそうな顔をした。

光文社文庫

文庫書下ろし／長編時代小説

金蔵破り　隠密船頭（八）

著者　稲葉稔

2022年1月20日　初版1刷発行

発行者　鈴木広和
印刷　新藤慶昌堂
製本　ナショナル製本

発行所　株式会社　光文社
〒112-8011　東京都文京区音羽1-16-6
電話（03）5395-8149　編集部
8116　書籍販売部
8125　業務部

ISBN978-4-334-79300-5　Printed in Japan

組版　萩原印刷